www.b-books.co.kr

www.b-books.co.kr

헌터 레볼루션

헌터 레볼루션

1판 1쇄 찍음 2019년 12월 11일
1판 1쇄 펴냄 2019년 12월 18일

지은이 | 정사부
펴낸이 | 정 필
펴낸곳 | (주)뿔미디어

편집장 | 문정흠
기획 · 편집 | 김대식

출판등록 | 2002년 9월 11일 (제1081-1-132호)
주소 | 경기도 부천시 원미구 소향로 17번길(두성프라자) 303호 (우) 14544
전화 | (032)651-6513 / 팩스 032)651-6094
E-mail | bbulmedia@hanmail.net
비북스 | http://www.b-books.co.kr

값 8,000원

ISBN 979-11-90453-40-0 04810
ISBN 979-11-315-9849-8 04810 (세트)

BBULMEDIA FANTASY STORY

헌터 레볼루션

정사부 현대 판타지 장편 소설

7

1. 레이드 이후

번쩍번쩍!

찰칵, 찰칵.

종로에 위치한 대한민국 헌터 협회 앞.

그곳에서는 수많은 인파와 기자들, 그리고 방송국 촬영 차량까지 운집해 인근 도로의 한 개 차선까지 점령되는 진풍경이 벌어지고 있었다.

웅성웅성!

"김 기자, 헌터 협회에서 무슨 일로 기자회견을 한다는 거야?"

대포 카메라를 목에 건 채 정상적으로 작동하고 있는지

연신 점검하고 있던 한 기자가 자신의 옆자리에서 비슷한 행동을 하고 있는 다른 기자에게 물었다.

"응, 헌터 협회장이 뭔가 중대 발표를 한다는 것 같아."

질문을 받은 기자는 자신이 알고 있는 정보를 그에게 알려주었다.

"중대 발표? 무슨 시국선언이라도 할 건가?"

"설마. 중립적이던 헌터 협회가 대형 길드들과 성신 길드의 반목에 끼어들 리가 있겠어?"

"그래, 그럴 리는 없겠지. 그 문제가 좀 심각하기는 하지만 헌터 협회는 어디까지나 헌터의 관리 및 중재가 주요 임무인데, 어느 한쪽을 편든다는 것은 말이 안 되지."

질문을 한 사람이나 질문을 받은 김 기자라는 사람이나, 그 둘은 모두 요즘에 핫이슈로 떠오르고 있는 문제를 입에 올렸다.

그 문제는 대형 헌터 길드와 작년에 일본에서 7등급 보스 몬스터 레이드에 성공하면서 전 세계에서 유일하게 7등급 보스 몬스터 두 마리를 잡는 데 성공한 성신 길드 간의 대립에 대한 것이었다.

두 사람이 이야기를 나누고 있을 때, 또 다른 기자가 끼어들며 자신이 알고 있는 이야기를 들려주었다.

"그건 아닐 거야. 내가 들은 바로는 몇 시간 전에 발생한 몬스터 웨이브에 대한 보고를 한다는 것 같았어."

"그래? 그런데 몬스터 웨이브 정도로 굳이 이렇게 대대적인 기자회견까지 할 필요 있나?"

처음 질문을 한 기자는 고개를 갸웃거리며 중얼거렸다.

몬스터 웨이브에 대한 정보는 그도 들어서 이미 알고 있었다.

그것은 강원도 홍천군에서 시작되어 경기도 양평 소리산 인근에서 끝난, 위험 등급 1~2등급 몬스터가 주축이 된 겨우 4등급의 몬스터 웨이브였다.

4등급 몬스터인 웨어울프나 5등급인 트롤이 있었다고는 하지만, 몬스터 웨이브의 주력은 1~2등급의 몬스터들이었다.

그 정도 위험 등급의 몬스터 웨이브는 몬스터들이 대한민국 영토 곳곳에 자리를 잡으면서 수시로 일어나고 있는 일들이었다.

그러다 보니 사람들도 이제는 헌터 협회에서 발표하는 4등급짜리 몬스터 웨이브 정도는 들어도 별로 신경을 쓰지 않았다.

더욱이 이번 몬스터 웨이브는 사람이 살지 않는 지역에서 벌어진 일이기에 더욱 그러했다.

"잠깐. 내가 지금부터 하는 얘기는⋯ 자네들만 알고 있어야 돼."

중간에 끼어든 기자가 주변을 둘러보며 은근한 목소리로

입을 열자, 주변에 있던 기자들이 모두 그를 쳐다보았다.

"자네들도 그 소문 들었지?"

"소문?"

"그래. 대형 길드들 중에 일부가 아직 브레이크를 일으키지 않은 차원 게이트를 강제로 브레이크 상태로 만들어서 선점한다는 소문 말이야!"

"아!"

근래에 강제 게이트 브레이크에 대한 소문이 헌터들 사이에 은근하게 퍼져 있고, 일부 기자들도 그러한 소문을 듣고는 조사를 하는 중이었다.

그리고 지금 그 말을 꺼낸 기자도 그런 기자들 중 한 명이었다.

사실 소문이 사실이라 하더라도 이렇게 그에 대해 뒤를 캐고 있다는 것이 헌터 길드에 알려지게 된다면 목숨이 위험해질 수도 있는 문제였다.

하지만 그는 그런 것에 전혀 굴하지 않고 계속해서 조사를 해오고 있었다.

"그런데 그 소문이 사실이라는 거야?"

"그래. 내가 조사를 해보니까 사실이더라고."

누구나 증권가 찌라시 정도로만 생각하던 정보가 사실이라고 하자 한 기자가 놀라며 물었다.

"뭐? 그럼 자네가 위험해지는 거 아냐?"

기자들은 잘 알고 있었다. 헌터 길드가 자신들의 이익이 걸린 문제에 얼마나 민감하게 반응하는지 말이다.

하지만 그 사실을 처음 입에 올린 기자는 별로 신경 쓰지 않는 것인지 계속해서 이야기를 이어갔다.

"이번 몬스터 웨이브에서도 대형 길드가 사고를 치는 바람에 헌터 협회에 비상이 걸렸다고 하더군."

"그럼 설마……."

그의 이야기를 듣고 있던 기자들은 다들 이번 헌터 협회의 긴급 기자회견이 그 문제와 관련된 발표가 아닐까 하고 생각했다.

"김중배 헌터 협회장님 나오십니다. 잠시 조용해 주시기 바랍니다."

그때, 헌터 협회 대변인이 나와 모여 있는 기자들을 향해 큰 소리로 말했다.

그러자 장내는 한순간에 조용해졌다.

헌터 협회장인 김중배가 나온다는 대변인의 말에 기자들은 잠시 후 헌터 협회장의 입을 통해 전해질 중대 발표를 한마디라도 놓치지 않기 위해 긴장된 표정으로 집중했다.

찰칵! 찰칵!

그러는 중에도 카메라 기자들은 연신 셔터를 눌러 댔다.

뚜벅뚜벅.

대한민국 헌터 협회장인 김중배는 표정 없는 얼굴로 헌터 협회 로비를 지나 현관 앞에 마련된 단상에 올랐다.

"흐음, 바쁘신 와중에도 이렇게 많이들 와주셔서 감사합니다."

김중배는 장내를 돌아보다가 목을 가다듬고는 천천히 입을 열었다.

"발 빠른 몇몇 기자분들은 이미 이야기를 들어 어느 정도 알고 있을지도 모르겠지만……."

그리고 이후 얼마 동안, 금일 발생했던 몬스터 웨이브와 인근에 있던 차원 게이트에서 인위적인 강제에 의해 게이트 브레이크가 발생된 일, 그 안에서 위험 등급 7등급 몬스터가 나타난 일에 관해서 보고 형식의 기자회견이 진행되었다.

김중배의 발표가 이어지는 동안, 이를 듣고 있던 기자들은 물론이고, 인근을 지나가다 무슨 일인가 해서 발길을 멈추고 이를 듣고 있던 사람들의 표정은 당황과 놀람으로 물들어갔다.

웅성! 웅성!

급기야 아직 모든 발표가 끝나지 않았음에도 불구하고 장내가 무척이나 시끄러워졌다.

그런 모습에 발표를 하던 김중배는 잠시 이야기를 멈추고 장내가 진정될 때까지 기다렸다.

그러자 자신들끼리 이야기를 나누던 사람들이 어느 순간

말을 멈추고는 다시 단상에 있는 김중배에게 집중하기 시작했다.

사람들의 시선이 다시 자신에게 집중되자, 그때서야 김중배는 이야기를 이어갔다.

"이미 말씀드렸듯이 금일, 그러니까 지금으로부터 여덟 시간 전, 몬스터 웨이브를 막아 낸 직후 인근에 있던 물레울유원지 차원 게이트에서 브레이크가 발생했고, 국민들이 동요하실까봐 말씀드리지 않았지만… 그곳에서 위험 등급 7등급의 보스 몬스터인 어스 드레이크가 출현했습니다."

웅성! 웅성!

또다시 작은 소란이 일었지만 그 소란은 금방 조용해졌다.

"하지만! 다행히도 어스 드레이크는 몬스터 웨이브를 막기 위해 지원 나갔던 헌터 협회 특무대인 팀 유니콘의 제5전대와 긴급 요청으로 출동한 제4전대, 그리고 한 달 전에 6등급 헌터 라이선스 취득 시험에서 S급 헌터로 명명된 정재식 헌터와 헌터 동원령에 의해 출동한 6등급 이상 헌터들 300여 명에 의해 제거되었습니다."

"와!"

"와아!"

헌터 협회장인 김중배의 말이 끝나기 무섭게 장내에 있던 사람들은 모두 환호성을 질렀다.

다른 것도 아니고, 재앙이라고 불리는 무려 위험 등급 7등급의 보스 몬스터를 국민들이 알기도 전에 잡았다고 하니 놀라지 않을 수가 없었다.

"혹시 그 몬스터가 위험 등급 7등급이라는 증거가 있습니까?"

혹시나 헌터 협회에서 자신들의 실적을 올리기 위해 거짓말을 하는 것은 아닌가 하는 의심에 기자들 중 한 명이 물었다.

질문을 한 기자의 팔에는 산케이 신문이라고 쓰인 완장이 둘러져 있었다.

"거짓은 없습니다. 여기 증거 영상이 있습니다."

언제 다가왔는지 김중배의 옆에는 헌터 협회 대변인이 직원 한 명과 함께 커다란 모니터를 가지고 나와 서 있었다.

김중배가 눈짓을 주자 그가 기기를 조작하여 모니터에 화면을 띄웠다.

"아!"

모니터에 영상이 떠오르자 이를 지켜보고 있던 기자들은 놀람 가득한 탄성을 내질렀다.

첫 번째 화면에는 거대한 드레이크의 사체가 땅에 쓰러져 있는 모습이 있었고, 그다음 화면에는 엎어져 있는 드레이크와 그 앞에서 헌터 협회의 직원들이 드레이크를 조사하는 모습이 담겨 있었다.

그러다 보니 인간의 크기와 드레이크의 크기가 어느 정도 비교가 되면서 방금 전에 헌터 협회장인 김중배가 발표한 내용이 거짓이 아님을 증명해 보이고 있었다.

"저 몬스터가 어스 드레이크라는 것입니까?"

"네, 맞습니다. 이번 게이트 브레이크에서 나온 몬스터는 보시는 바와 같이 공룡이나 신화에 나오는 용, 드래곤을 닮아 있습니다."

김중배는 기자들의 질문에 차분하게 답변을 해나갔다.

화면에 보이는 몬스터는 선사시대의 공룡이라고 하기에는 너무 크고, 그렇다고 신화에 나오는 드래곤이나 용이라고 하기에는 작았다.

또 날개도 달려 있지 않았다.

그 때문에 몬스터의 이름을 특정할 만한 것이 없었다.

하지만 재식이 그것의 이름이 어스 드레이크임을 알려주었고, 그 이름을 자신이 알고 있는 것은 자신이 홉 고블린 흑마법사였던 챠콥의 기억을 일부 가지고 있기 때문임을 밝혔기에 헌터 협회도 인정을 한 것이었다.

"그런데 저 몬스터가 위험 등급 7등급의 보스 몬스터라면 그 정도 인원으로 레이드가 가능했다는 것이 쉽게 믿기지를 않는데, 그게 가능한 것입니까?"

조금 전에 헌터 협회의 발표가 의심스럽다는 듯 질문을 던졌던 일본 기자가 다시 한 번 딴죽을 걸어왔다.

그도 그럴 것이 위험 등급 7등급 몬스터 그것도 보스 몬스터를, 아무리 6~7등급 헌터들이라고는 하지만 300명이 여덟 시간도 안 되어 그것을 정리한 다음 헌터 협회가 그 내용을 발표까지 했기 때문이다.

즉, 그 말은 위험 등급 7등급의 보스 몬스터인 어스 드레이크를 잡는 데는 그보다 한참이나 적은 시간이 걸렸다는 소리였다.

위험 등급 7등급 몬스터를 한 마리도 아닌 두 마리나 잡은 성신 길드도 일본에서 보스 몬스터를 잡는 데는 열두 시간이 넘게 걸렸었다.

비록 그 당시 성신 길드의 헌터 숫자가 이번에 어스 드레이크를 잡은 헌터들의 숫자에 비하면 1/3 정도밖에 되지 않았다고는 하지만, 성신 길드는 그동안 서로 간에 꾸준히 손발을 맞춰가며 몬스터 레이드를 하던 헌터 길드였다.

반면 이번에 동원령에 의해 출동한 헌터들은 등급도 높고 또 헌터의 숫자도 많았지만, 한 번도 같이 레이드를 치른 경험이 없었다.

이 자리에 있는 기자들은 6등급 이상의 보스 몬스터를 단순히 숫자만으로 잡는 것이 쉽지 않다는 것을 모두들 잘 알고 있었다.

혹시나 위험 등급 6등급 보스 몬스터까지는 그게 가능할지 몰라도, 그 위의 7등급 보스 몬스터는 상황이 달랐다.

동급의 헌터도 7등급 보스 몬스터에게 상처를 주는 것은 오랜 시간 공격을 가해서 그 몬스터가 가지고 있는 에너지 실드를 깎아 낸 뒤에나 가능한 일이었다.

실제로 몬스터 레이드를 할 때, 시간이 오래 걸리는 것은 바로 이 에너지 실드 때문이었다.

몬스터의 표면을 뒤덮고 있는 이 에너지 실드는 헌터가 쏘아 대는 속성 에너지나 물리 에너지에 의해 조금씩 깎여 나가게 된다.

그리고 결국에는 에너지를 모두 소모하여 에너지 실드가 벗겨지면서 가죽이 찢기고 내부로 대미지가 쌓여 몬스터를 잡을 수 있게 되는 것이다.

그런데 보스 몬스터들은 일반 몬스터와는 다르게 더욱 강력한 에너지 실드를 가지고 있었다.

뿐만 아니라 보스 몬스터는 크라우드 컨트롤(군중 통제) 기술이라는 것을 가지고 있는데, 같은 등급의 헌터라도, 아니, 보다 높은 등급을 가진 헌터라도 보스 몬스터의 이 크라우드 컨트롤 공격은 미리 대비를 하지 않으면 막을 수가 없었다.

그리고 대비를 한다 하더라도 충격을 100% 막아 내지는 못했다.

이를 완전히 막기 위해서는 특별한 기술이 필요한데, 6등급 이상의 보스 몬스터는 쉽게 접할 수 있는 대상이 아니었기에 기술을 익히는 것도 쉽지가 않았다.

그 때문에 위험 등급 6등급 이상의 보스 몬스터가 출현하면, 헌터들은 이를 잡기 위해 많은 희생자를 낼 수밖에 없었다.

그런데 김중배 헌터 협회장은 이번에 위험 등급 7등급의 보스 몬스터인 어스 드레이크를 레이드하는데 있어, 불과 30여 명의 사상자가 나오는 것에 그쳤다는 발표를 했다.

그것도 헌터 협회의 지휘를 제대로 듣지 않고 중구난방으로 나섰던 헌터들 때문에 발생한 것이지, 뒤늦게 헌터 협회의 지휘에 따르며 짜임새 있게 레이드를 바꾸면서부터는 희생자가 더 이상 나오지 않았고 레이드를 성공적으로 끝낼수 있었다는 내용까지 덧붙였다.

그러니 김중배 협회장의 말을 믿지 못하는 기자들도 많았다.

일본 기자의 의심은 무척이나 합리적인 의심이라고 할 수 있었다.

"혹시 뇌신 김현성 전단장님이 그곳에 있으셨던 겁니까?"

대한민국에는 최고의 헌터로 꼽히는 세 명의 헌터가 있다.

현재 모습을 보이고 있지는 않지만 누구나 첫손가락으로 꼽는 무신 이용진, 헌터 협회 특무대인 팀 유니콘의 전단장인 뇌신 김현성 그리고 두 마리의 위험 등급 7등급 몬스터를 잡은 괴물 백강현이 바로 그들이었다.

이 중에 무신 이용진은 모습을 보이지 않은 지 벌써 10년이 다 되어가고 있었고, 실질적으로 위험 등급 7등급 보스 몬스터를 잡은 전력이 있는 괴물 백강현은 현재 일본에 있었다.

그러니 7등급 보스 몬스터를 잡은 것은 헌터 협회의 뇌신 김현성이 아닌가 하고 추측했던 것이었다.

하지만 이어진 김중배 헌터 협회장의 답변에 질문을 했던 일본 기자의 얼굴은 잔뜩 찌푸려졌다.

그와는 반대로 한국의 기자들은 환한 표정으로 눈을 크게 떴고, 일본을 뺀 다른 외신 기자들은 부러움 가득한 표정으로 김중배 협회장을 바라보았다.

"아닙니다. 이번에 7등급 보스 몬스터인 어스 드레이크를 잡는 데 결정적인 역할을 한 것은 대한민국의 새로운 S급 헌터인 정재식 헌터였습니다. 정재식 헌터는……."

무신과 뇌신 그리고 괴물이라 불리는 백강현 등 세 명의 S등급 헌터가 한반도에 없거나 부상으로 제 역할을 하지 못하는 지금의 상황에서 재식은 새로운 영웅으로 부상했다.

일본의 경우에는 대한민국에 있는 세 명의 S급 헌터들의 동향을 너무도 잘 파악하고 있었다.

대표적인 두 명의 S급 헌터 중에 한 명은 실종되고 한 명은 대외협력이란 이름으로 파견되었다가 큰 부상을 입고 돌아왔다는 것을 파악하고 있었기에, 더욱더 치밀하게 성신 길드의 백강현을 유혹했다.

백강현이 일본으로 넘어오기만 하면 한반도에는 더 이상 7등급 보스 몬스터를 잡을 만한 헌터가 없을 것이라는 계산이 깔려 있었기 때문에, 일본 정부나 일본의 헌터 협회가 백강현이 길드장으로 있는 성신 길드에 엄청난 혜택을 주면서까지 일본으로 끌어들인 것이었다.

그런데 그런 노력이 무색하게도, 위험 등급 7등급 보스 몬스터가 나타난 상황에 백강현이 없음에도 한국은 그 몬스터를 잡는 데 성공했다.

예전에 일본은 일본 경제를 마비시키고 있던 야마타노 오로치를 잡기 위해 대대적인 레이드를 펼쳤지만 심각한 타격을 입었고, 결국에는 세계 각지에 구원요청을 해야만 했다.

그러다가 한국의 성신 길드와 어렵사리 계약을 맺은 덕분에 야마타노 오로치를 퇴치할 수 있었다.

이때 일본은 헌터도 같은 헌터가 아니고, 보스 몬스터를 잡을 때는 숫자가 아니라 절대 강자가 필요함을 깨닫게 되었다.

그래서 백강현을 유혹해 일본으로 오게 만들었는데, 대한민국에서 또 다른 영웅이 탄생해 위기를 막아 낸 것이었다.

그러니 당연히 배가 아플 수밖에 없었다.

자신들은 보스 몬스터를 잡을 만한 절대 강자가 없어 굴욕을 당했는데, 대한민국은 또 다른 절대 강자가 나타나 나라를 구했다.

　'젠장! 왜 우리 일본에는 영웅이 탄생하지 않는 것인가.'

　질문을 했던 일본 기자는 자신도 모르게 한숨을 쉬며 그렇게 한탄했다.

*　　　*　　　*

　헌터 협회 지하 회복실.

　보글! 보글! 보글!

　긴급 회복 캡슐 안에 한 사람이 있었다.

　신체 치료를 위한 용액 속에 잠긴 그는 호흡을 위해 산소 마스크를 쓴 채 잠이 든 것처럼 눈을 감고 있었다.

　간간이 꿈이라도 꾸는 것인지 몸을 뒤척일 뿐이었다.

　"하아… 굳이 이렇게 무리를 할 필요까지는 없었을 텐데……."

　회복 캡슐 안의 사람은 마치 심각한 화상이라도 입은 듯 피부 전체를 수포가 뒤덮고 있었다.

　최수연은 회복 캡슐 안에 있는 재식의 모습을 안타까운 시선으로 바라보았다.

　위험 등급 7등급의 어스 드레이크는 최후의 순간에 헌터들이 있는 곳으로 화염 브레스를 토해 냈다.

이때 어스 드레이크에게 최후의 일격을 날리려던 재식은, 욕심에 눈이 멀어 무턱대고 달려들던 헌터들이 어스 드레이크가 토해 낸 화염 브레스에 그대로 노출되는 상황을 보고는 그대로 달려와 온몸으로 브레스를 막아 냈다.

아니, 정확하게는 어스 드레이크의 화염 브레스가 지나가는 길목에 최수연과 정미나가 있어서 그들의 앞을 막아선 것이었다.

많이 약해지기는 했지만 위험 등급 7등급 보스 몬스터의 최후의 일격은 충분히 그녀들을 죽일 수 있을 정도로 위력이 대단했다.

그저 겉으로 드러난 어스 드레이크의 처참한 모습만을 보고 달려들던 헌터들로 인해 운신의 폭이 줄어든 최수연과 정미나는 어스 드레이크가 토해 낸 화염 브레스를 피하지 못한 채 재식이 준 실드 마법이 걸린 아티펙트를 작동시키려 했다.

하지만 그녀들은 미처 생각지 못하고 있었다.

그녀들이 가지고 있던 아티펙트가 레이드 초기에 어스 드레이크가 토해 낸 화염 브레스를 막으면서 파괴되었다는 사실을 말이다.

최수연과 정미나 뿐만 아니라 팀 유니콘의 제5전대 부전대장인 권인하의 아티펙트도 어스 드레이크의 화염 브레스를 막기 위해 사용하다가 그 힘을 견디지 못하고 파괴된 상황이었다.

다행히 세 개의 실드가 쳐지면서 화염 브레스의 강도가 줄어들어 그녀들은 작은 부상을 입는 정도로 끝났지만, 재식에게서 받은 아티펙트는 그 힘을 감당하지 못해 파괴된 것이었다.

그러나 이러한 사실을 인지하지 못한 최수연과 정미나는 왼팔에 차고 있던 아티펙트를 떠올리고는 실드 마법을 시전하려 했다. 하지만 이미 파괴된 아티펙트는 작동하지 않았다.

이 때문에 무척이나 당황하고 있던 최수연과 정미나의 앞에 재식이 나타나 어스 드레이크의 화염 브레스를 막았던 것이다.

하지만 급히 두 사람 앞에 뛰어들어 마법을 시전한 재식이 사용할 수 있는 방어 마법 중에 가장 단단한 것은 5클래스 방어 마법인 배리어뿐이었다.

어스 드레이크의 화염 브레스는 비록 레이드 초기보다 위력이 줄기는 했지만 5클래스 방어 마법으로 막아 낼 수 있는 것이 아니었다.

재식은 그러한 사실을 잘 알고 있었기에 배리어 마법을 시전하면서 이중으로 한 번 더 배리어 마법을 사용해 최수연과 정미나를 막아주었다.

그렇지만 정작 본인은 하나의 배리어 마법으로만 견뎌야 했다.

그러다 보니 어스 드레이크의 화염 브레스에 의해 배리어 마법이 파괴되자 화염 브레스에 그대로 노출되고 말았다.

5클래스 배리어 마법을 깨고 등 뒤로 덮친 화염 브레스를 그대로 맞은 재식은 아무리 뛰어난 마법 저항력을 가지고 있다 해도 심각한 타격을 입을 수밖에 없었다.

만약 재식이 일반적인 마법사였다면 아무리 마법 저항력이 높고 어스 드레이크의 약화된 화염 브레스라 할지라도 견디지 못했을 것이다. 하지만 각종 몬스터의 유전자가 뒤섞이면서 최고의 신체를 가진 그였기에 죽지 않고 견딜 수 있었다.

하지만 그렇다고 아주 피해를 입지 않을 수는 없었다.

높은 화염 저항력으로 인해 어스 드레이크가 내뿜은 화염 브레스의 화기가 신체 내부로 침투하지는 못했지만, 재식의 피부 전체에 영향을 미쳤다.

보통 사람이 이 정도의 화상을 입었다면 100% 쇼크로 죽었을 것이다.

그렇지만 재식은 조금 전에도 언급했듯 각종 몬스터의 유전자가 신체 내에 결합되어 있었다.

그리고 그중에는 재생 능력이 뛰어난 몬스터인 트롤의 것도 있었기에, 전신에 3도 화상을 입었음에도 불구하고 이를 치유해 냈다.

다만, 화상이 너무도 심하고 또 신체 내부로 침투하려는 화기를 막는 데 대부분의 마력을 사용하고 있어서 겉으로 티가 나지 않을 뿐이었다.

그렇게 재식이 최수연과 정미나를 구하고 자신이 대신 어스 드레이크의 화염 브레스를 뒤집어쓴 후, 정신을 차린 최수연은 얼른 재식을 레이드 외각으로 빼내 헌터 협회로 후송했다.

어차피 어스 드레이크는 최후의 발악을 하느라 화염 브레스를 토한 이후 바로 쓰러진 상황이었다.

더 이상 움직임이 없는 어스 드레이크에 신경을 쓰기보다는 이번 몬스터 웨이브와 어스 드레이크 레이드에 혁혁한 공을 세운 재식을 치료하는 것이 급선무라 판단한 최수연은 현장 책임자인 박용식과 최무식에게 상황을 알리고 재식과 함께 급히 헌터 협회로 돌아왔다.

그리고 헌터 협회에 도착하자마자 연락을 받은 헌터 협회 소속의 치료사들에 의해 이곳 집중 치료실로 옮겨져 상처를 치유하고 있었다.

재식이 긴급 회복 캡슐에 들어 있는 모습을 지켜보는 최수연의 마음은 참으로 복잡했다.

어릴 적에 재식을 처음 보았을 때는 그저 남동생의 친구 이상도 이하도 아니었다.

그런데 그 이후 헌터가 되고 몬스터와 싸우면서 동료들이 몬스터에 의해 죽어가는 모습을 보았다. 그렇게 결코 정상적인 삶이라 할 수 없는, 그저 반복되는 몬스터와의 전투로 지쳐 가던 중에 아주 우연히 재식과 재회를 하게 되었다.

당시 최수연은 팀원들을 이끌고 실종된 헌터들을 찾기 위해 던전에 들어왔다가 자신이 몬스터로 오인해 공격한 이가 실종된 헌터이며, 또 그가 남동생의 친구였던 재식이라는 것을 뒤늦게 알게 되었다.

그때까지만 해도 재식에 대한 수연의 생각은 그저 그랬다.

남동생의 친구를 몬스터로 오인해 부상을 입혀 미안하다는 정도의 감정이었는데, 재식이 이곳 회복실에서 깨어난 후 부상을 입힌 자신에게 도리어 구해줘서 고맙다는 인사를 한 뒤로 수연은 이상한 마음이 들었다.

너무도 생소한 감정에 당시 수연은 자신의 감정이 어떤 것인지 깨닫지 못했다.

그저 오랜만에 아는 사람을 만나 발생한 생활의 변화로 인한 작은 설렘이라고만 생각했다.

그러다 이번 어스 드레이크 레이드 도중에 한 번도 아니고 두 번이나 재식의 도움으로 목숨을 구한 뒤로 수연은 깨달았다.

자신이 재식을 보면서 가슴이 두근거렸던 것은 단순히 환경의 새로운 변화나 오랜만에 본 지인으로 인해 느껴지는 그런 단순한 감정이 아니란 것을 말이다.

물론 시작은 그와 비슷했을지 모르지만, 시간이 지나고 자주 접하다 보니 자신보다 두 살이나 어린 재식이 어느새 남자로 느껴지고 있었다.

더군다나 처음 재식을 보았을 때만 해도 그는 자신이 지켜줘야 할 정도로 약한 남자였다.

하지만 얼마 지나지 않아 그러한 생각은 역전되었다.

재식은 알면 알수록 상식을 깨는 사람이었다.

분명 레벨이나 헌터 등급은 자신보다 낮았다.

뿐만 아니라 재식은 변수가 많은 각성 헌터도 아니고 유전자 변형 시술을 받은 시술 헌터였다.

비록 그 시술이 지금까지 성공 사례가 없는 몬스터의 유전자를 이용한 시술이었다고는 하지만, 유전자 변형 시술에 사용된 몬스터도 위험 등급 1등급의 최하등급 몬스터인 슬라임이었다.

그 때문에 재식이 많은 고생을 했다는 이야기도 들었다.

시술 받을 헌터를 속이고 유전자 변형 시술이 아닌 불법적인 인체실험을 감행한 성신 제약 연구원들, 그리고 이를 알면서도 어떠한 보상도 하지 않은 채 길드에서 퇴출시킨 성신 길드.

수연은 그 이야기를 듣고 많이 분노했었다.

이를 협회에 알려 성신 길드와 성신 제약에 제재를 가하고도 싶었다.

하지만 재식이 말렸다. 자신이 무사히 길드에서 나올 수 있었던 것은 자신이 당한 일에 대해 침묵서약을 했기 때문임을 알리고 수연을 설득했다.

그 이야기를 듣고 난 뒤로 수연은 분노를 참을 수밖에 없었다.

성신 길드는 그저 단순한 헌터 길드가 아니기 때문이었다.

비록 성신 길드는 길드 랭킹 30위의 길드에 불과했지만, 그 수장은 바로 대한민국에 존재하는 헌터들 중 TOP 3에 들어가는 백강현이었다.

다른 거대 길드의 견제 때문에 길드의 성장이 멈춘 것이지, 수장인 백강현의 능력만 봐서는 길드 랭킹이 더욱 올라가야 맞았다.

그러니 자신이 아무리 헌터 협회 직할 특무대인 팀 유니콘의 전대장 중 한 명일지라도 쉽게 상대할 수는 없었다.

"얼른 나아서 보자……."

한참 동안 그렇게 치료 캡슐 안에 잠들어 있는 재식을 바라보던 수연은 작게 중얼거리고는 그곳을 빠져나왔다.

보글!

최수연이 치료실을 나간 이후 재식에게서 작은 변화가 생기기 시작했다.

그 시작은 재식의 온몸을 뒤덮고 있는 수포였다.

보글! 보글!

마치 캡슐 안의 푸른 용액이 끓기라도 하듯 부글거리며 갑자기 기포가 많아졌다.

그러면서 재식의 피부에 발생했던 수포들이 마치 뱀이 허물을 벗듯 벗겨지기 시작했다.

그런데 희한한 것은 수포가 벗겨진 자리에 악어의 껍질이나 뱀의 비늘 같은 것이 돋아났다는 것이었다.

언뜻 보기에는 다시 수포가 올라온 것처럼 보였지만 그것은 절대로 수포가 아니었다.

그리고 그것은 수포가 그러했듯 다시 허물이 되어 벗겨졌고, 그러한 과정이 몇 차례 더 반복되었다.

*　　　　*　　　　*

헌터 협회 지하 3층 보안실.

우웅! 우웅!

느닷없이 울려 대는 경고음에 보안실에 있던 경비들은 깜짝 놀라 경고음을 발하는 지점을 확인했다.

"뭐야!"

"무슨 일이야?"

경고음이 울리고 있는 곳은 발전실이었다.

"발전실에 무슨 문제라도 생긴 거야?"

보안실에 있던 경비 중 한 명이 급히 물었다.

"잠시만. 발전실에 연결해 보고 알려줄게!"

대답을 한 경비는 급히 경고음이 울리는 발전실로 무전을 날렸다.

"발전실! 거기 무슨 일이야?"

치직!

[여기는 발전실의 김병욱 주임입니다. 건물 어디에선가 다량으로 전력을 사용 중인 것 같습니다.]

"그게 무슨 소리야! 그곳에서 경고음이 발생할 정도로 전력을 쓸 일이 뭐가 있다고."

헌터 협회에 전력을 공급하는 발전실 주임과 통화를 하던 그는 따지듯이 다그쳤다.

[그건 저도 알 수가 없습니다. 기계에 그렇게 뜨는 것을 어쩌란 말입니까? 지하 1층에서 다량으로 전력을 끌어가는 것 같으니 거기서 확인해 주십시오.]

김병욱 주임은 기계는 정상적으로 작동하고 있으니 무슨 일인지 알고 싶으면 너희가 가서 알아보라는 투로 말하고는 무전을 끊었다.

"아, 이런!"

헌터 협회 보안실 당직자인 김경우는 발전실 주임의 일방적인 무전에 순간 당황하며 소리를 질렀다.

너무도 급작스러운 경고음에 놀라 발전실로 연락해 좀 다그치기는 했지만, 설마 보안실 직원인 자신에게 이런 식으로 말을 할 줄은 몰랐기 때문이었다.

"뭐래?"

"지하 1층에서 갑자기 많은 전력이 사용되는 바람에 경고음이 뜬 거라는데?"

김경우는 함께 당직을 서고 있던 동료에게 자신이 들은 말을 그대로 들려주었다.

"그래? 그럼 어떻게 할래? 내가 갈까?"

동료의 말에 김경우는 잠시 생각을 하다가 대답을 했다.

"아니, 이왕 내가 무전한 김에 확인하고 올게!"

"그래? 그럼 그렇게 해."

대화를 마친 김경우는 얼른 자리에서 일어나 순찰 장비를 챙기고는 보안실 밖으로 나갔다.

보안실이 지하 3층이고 사고가 터진 곳은 지하 1층이니, 두 개 층만 올라가면 될 일이었다.

*　　　　*　　　　*

보안실에서 경고음이 발생한 시각, 과도하게 흘러들어 오는 전류로 인해 긴급 회복 캡슐 안에 들어 있던 수용액은 처음보다 더욱 밝게 빛나고 있었다.

보글! 보글!

그리고 이전보다 더욱 기포를 발생시키며 들끓었다.

후욱! 후욱!

그런데 이상한 것은 재식의 몸이었다.

마치 냄비 속의 물이 끓는 것처럼 보글거리고 있음에도 재식의 몸은 처음 수포가 떨어진 이후로 몇 번의 허물이 벗겨진 것 외에는 어떠한 변화도 없었다.

지직! 지직!

그러던 어느 순간, 과도하게 흐르던 전류가 긴급 회복 캡슐 전체를 뒤덮기 시작했다.

그리고 뱀이 숨구멍을 찾아가듯 캡슐 표면을 흐르던 전류가 캡슐 내부에까지 침투했다.

그러자 캡슐 안의 수용액이 더욱 밝게 빛나면서 흘러든 전류가 재식의 몸을 때렸다.

캡슐 내부에 전류가 흘러넘치자 그 전류가 잠들어 있던 재식의 몸을 때렸고, 전류와 부딪힌 재식의 몸은 그때마다 잘게 경련을 일으켰다.

하지만 고통스러워 보이는 모습은 아니었다.

파지직! 파지직!

전류는 재식의 몸과 부딪힐 때마다 여러 갈래로 흩어지면서 재식의 몸에 흡수되었다.

그리고 그럴 때마다 재식의 피부에서 이상한 현상이 일어났다.

그것은 바로 비늘과 같은 문양이 보인다는 것이었다.

마치 물고기 비늘로 만들어진 갑옷을 입은 것처럼 말이다.

우웅! 우웅!

치료실 내부에는 경고음과 함께 과도한 전류가 흐르면서 발생한 공기의 작은 떨림 등의 소음이 울려 퍼졌다.

2. 병문안

보글! 보글!

아무도 없는 치료실의 긴급 회복 캡슐 안에 있던 재식은 순간 움찔했다.

깨어난 것은 아니었지만 꿈이라도 꾸고 있는 것인지 반응을 하고 있었다.

우웅! 우웅!

고막을 통해 들리는 소리는 아니었다. 내면으로 울리는 소리였다.

뭔가 한 번 경험한 적이 있는 이상한 진동음에 재식의 정신은 그 소리에 집중했다.

그리고 재식의 의식 속으로 비몽사몽간에 어떠한 상황이 보이기 시작했다.

[&&##&##@@##…….]

어떤 거대한 무언가가 자신을 내려다보며 이야기를 하고 있는 것이 느껴졌다.

하지만 그게 어떤 소리인지는 분간할 수가 없었다.

[오마르! 이계로 넘어가게 되면 넌 주변의 쓰레기들을 모아 이계의 지배종들을 공격해라!]

그런데 어느 순간, 거대한 존재가 하는 이야기가 머릿속으로 이해가 되었다.

정확한 형태는 아직도 분간이 되지 않았지만 그 존재가 하는 이야기를 들어 보면 오마르란 존재에게 명령을 내리는 것 같았다. 아마도 지구로 넘어가 몬스터들을 규합해 인간들을 공격하라는 내용 같았다.

'명령을 내리고 있는 자는 누구지?'

문득 이상한 생각이 든 재식은 자신을 향해 오마르라 부르는 존재를 확인하기 위해 고개를 들려고 했다.

하지만 어찌 된 영문인지 고개가 들리지 않았다.

'아, 지금의 나는 오마르란 존재와 동조하고 있기는 하지만 그것의 몸을 움직일 수는 없구나!'

자신의 상태를 알게 된 재식은 어쩔 수 없이 거대한 의문의 존재와 오마르의 대화를 계속해서 들을 수밖에 없었다.

[너보다 앞서 이계로 갔던 스케나톤은 비록 임무를 모두 완수하지는 못했지만 충분히 제 역할을 해주었다. 그러니 오마르! 네가 스케나톤이 완수하지 못한 일을 해줘야 한다.]

　[알겠습니다.]

　'아! 오마르란 존재는 바로……'

　재식은 그제야 자신이 동조하고 있는 존재가 무엇인지 깨달았다.

　그것은 바로 자신이 양평에서 잡은 위험 등급 7등급 보스 몬스터인 어스 드레이크였다.

　당시 재식이 잡은 오마르라 불린 어스 드레이크의 크기는 30m 정도였다.

　그런 오마르가 감히 쳐다보지도 못하는 존재의 크기는 어느 정도일지 재식으로서는 짐작조차 되지 않았다.

　눈앞에 보이는 발가락, 아니, 발가락 끝에 달린 발톱의 크기만도 오마르의 눈에 다 들어오지 않고 있었다.

　그 때문에 그 크기를 명확히 짐작할 수는 없었지만 아주 거대한 존재란 것은 알 수 있었다.

　그러면서 한편으로는 그 거대한 존재가 언급한 스케나톤이란 존재도 이상하게 신경이 쓰였다.

　'혹시……'

　어스 드레이크 오마르 이전에 위험 등급 7등급의 보스

몬스터가 잡힌 것은 일본의 비와호에서 성신 길드의 백강현에게 레이드당한 야마타노 오로치뿐이었다.

무엇 때문에 스케나톤이라는 이름을 들었을 때 오로치가 떠오른 것인지는 알 수 없었지만, 재식은 거대한 의문의 존재가 언급한 스케나톤이 바로 백강현의 손에 죽은 야마타노 오로치일 것이라 확신했다.

이는 그 시기에 지구의 다른 곳에서 위험 등급 7등급의 보스 몬스터가 잡혔다는 뉴스를 듣지 못했기 때문이었다.

[네가 비록 스케나톤보다 약하기는 하지만, 멍청한 히드라족보다는 드레이크족인 네가 더 똑똑하니 주변의 작은 것들을 이용한다면 충분히 목적을 이룰 수 있을 것이다.]

[예, 알겠습니다.]

재식은 두 존재의 대화를 들으면서 일본에서 잡힌 야마타노 오로치(스케나톤)를 이들이 어떻게 생각하고 있는지 알 수 있었다.

솔직히 재식이 느끼기에는 어스 드레이크 오마르는 뉴스를 통해 본 야마타노 오로치에 미치지 못했었다.

비록 야마타노 오로치를 TV를 통해 본 것이기는 하지만, TV 화면에 나왔던 야마타노 오로치의 위압감은 재식이 직접 상대한 어스 드레이크 오마르를 압도적으로 능가했다.

그럼에도 오마르와 의문의 존재가 나누는 대화를 들어보면 오마르와 야마타노 오로치의 힘이 비등한 것처럼 이야기하고 있었다.

'이게 어찌 된 것이지?'

아무리 궁리를 해 봐도 어스 드레이크 오마르와 야마타노 오로치의 갭은 하늘과 땅만큼이나 차이가 컸다.

그런데 둘은 스케나톤 즉 야마타노 오로치가 어스 드레이크 오마르보다 조금 더 강하기는 하지만 그건 어디까지나 육체적인 능력이지 지능이나 종합적인 능력을 보면 오마르가 조금 더 앞선다고 말하고 있었다.

그 때문에 재식은 약간의 혼란을 겪었다.

하지만 이는 재식이 당시의 상황을 제대로 알지 못하기 때문에 그런 것이었다.

어스 드레이크 오마르는 정상적으로 게이트 브레이크를 일으키고 차원 게이트에서 나온 것이 아니라, 화랑 길드의 안기준과 인피니티 길드의 홍준영이 몬스터 웨이브를 이용해 편법으로 게이트 브레이크를 일으킨 상태에서 출현했다.

그 때문에 어스 드레이크 오마르는 차원 게이트 안에서 지구의 대기에 퍼져 있는 마나를 제대로 받아들이지 못한 상태에서 나오게 되었다.

그러다 보니 오마르는 게이트에서 나왔을 당시 정상이 아니었다.

그 때문에 원래는 위험 등급 7등급 최상위 정도에 이르는 힘을 가지고 있어야 할 마나 하트가 텅텅 비게 되어 겨우 5등급 보스 몬스터 정도의 마력만을 가지고 지구에 현신한 것이었다.

그나마 다행이었던 것은 주변에 몬스터들이 많아 몬스터들이 가지고 있던 마력을 빼앗아서 빈 마나 하트를 채울 수 있었다는 점이었다.

만약 그런 것도 없었다면 어스 드레이크 오마르는 진즉에 레이드를 당했을 것이다.

오마르는 강제 게이트 브레이크로 현신한 것 때문에 정신이 없는 상황에서도 몬스터 시체와 화랑 길드와 인피니티 길드의 공대 하나씩을 잡아먹고 마나 하트의 마력을 절반 정도 채운 상태에서, 본능적으로 빈 마나 하트를 더욱 채우기 위해 움직였다.

자신이 최초 현신한 장소에서 불과 몇 킬로미터 떨어진 곳에 강력한 마력을 가진 먹이들이 있음을 느끼고 이동한 것이다. 그리고 그곳에서 대기하고 있던 헌터들과 충돌했다.

그랬기 때문에 팀 유니콘의 제4전대와 제5전대 15명, 그리고 재식까지 총 1여섯 명이 위험 등급 7등급의 보스 몬스터인 어스 드레이크 오마르를 막아설 수 있었던 것이었다.

만약 일본에서 백강현에게 죽은 스케나톤, 아니, 야마타노 오로치처럼 제대로 각성을 한 상태에서 게이트 브레이크로 지구에 현신을 했다면, 야마타노 오로치 이상으로 대한민국에 재앙을 몰고 왔을 것이다.

야마타노 오로치는 거대한 덩치를 믿고 단독 행동을 하는 히드라였던 반면, 어스 드레이크 오마르는 이 의문의 거대한 존재의 명령에 따라 강력한 자신의 힘은 물론이고, 주변에 있는 몬스터까지 이용해 분탕질을 하려고 했기 때문이었다.

참으로 아이러니한 일이 아닐 수 없었다.

안기준과 홍준영의 욕심으로 강제 게이트 브레이크가 발생해 차원 게이트에서 나온 보스 몬스터를 상대하느라 사상자가 발생하기는 했지만, 그 뻘짓이 전화위복이 되어 대한민국은 생각보다 적은 피해로 재앙을 막아 낼 수 있었다.

만약 그들이 욕심을 부리지 않았다면, 헌터 협회는 위험 등급 7등급 보스 몬스터인 오마르가 있던 차원 게이트를 끝까지 5등급 몬스터가 존재하는 차원 게이트로 생각하며 그곳을 관리했을 것이다.

그 과정에서 많은 헌터들이 희생되었을 것이고, 또한 지구의 마나에 적응한 채 게이트 안으로 들어온 헌터 공대들을 먹이삼아 야마타노 오로치처럼 마력을 키운 어스 드레이크 오마르가 게이트를 뚫고 현신을 했다면, 오마르 레이드 당시 발생했던 희생자는 비교도 되지 않을 정도로 엄청난 사상자가 발생했을 터였다.

그리고 대한민국 전체에서 대격변 당시와 비슷한, 아니, 어쩌면 그보다 더 많은 희생자가 발생했을 수도 있었다.

그런데 안기준과 홍준영의 욕심이 대한민국에 생각지도 않은 행운을 가져다준 셈이 되었다.

비록 욕심을 부린 두 사람과 그들을 따르던 헌터들은 어스 드레이크 오마르에 의해 희생되었지만, 이는 값진(?) 희생이라고도 할 수 있었다.

재식이 두 존재의 대화에 의문을 품고 생각에 잠겨 있을 때, 또 다른 장면이 의식 속으로 들어왔다.

이번에는 어스 드레이크 오마르가 아무 것도 없는 동굴과 같은 어두운 곳에서 동면을 하듯 잠에 빠져 있는 것이 보였다.

'윽!'

오마르와 동조를 하고 있던 재식은 갑작스럽게 느껴지는 고통에 심장이 찢어지는 듯한 통증을 느꼈다.

'으윽! 하아, 뭐야!'

너무도 갑작스러운 심장의 통증으로 인해 재식은 순간 심장마비가 오는 것은 아닌가 하는 걱정마저 들었다.

갑자기 심장이 찢어질 듯한 느낌을 받은 것은 바로 마나 역류 때문이었다.

동면을 하면서 칸트라의 마나와 지구의 마나를 치환하고 있었는데, 느닷없는 충격으로 인해 두 마나가 역류한 것이었다.

이 때문에 오마르의 마나 하트에서는 두 이질적인 마나가 충돌을 하게 되었다.

성질이 다른 두 가지 마나는 그 때문에 오마르의 내부에서 폭발을 하며 소멸해 버렸다.

이에 오마르는 살기 위해 본능적으로 두 마나가 충돌한 마나 하트 내에 있던 마나를 몸 밖으로 내보냈다.

괜히 아깝다고 갈무리하려했다가는 마나 하트 내부에서 폭발을 일으킬 수도 있는데, 이때 마나 하트가 깨질 위험이 가장 많았다.

어스 드레이크인 오마르는 살기 위해 또 다른 심장인 마나 하트의 마나를 포기할 수밖에 없었다. 이로 인해 다행히 늦지 않아 생명을 구할 수는 있었지만, 마나 하트에 있던 강대한 마나를 모두 잃고 말았다.

크아아악!

외부의 충격 때문에 마나 하트에 있던 강대한 마나를 잃은 오마르는 분노의 로어를 터뜨렸다.

칸트라에서 활용하던 마나를 이계(지구)의 마나로 거의 90% 가까이 치환하는 데 성공했던 것이 수포로 돌아간 것은 물론이고, 수많은 세월 동안 쌓아 놓았던 마나를 모두 잃어버렸다.

그 때문에 자신의 군주에게서 받았던 명령을 수행할 수가 없어졌고, 하찮게 여겼던 쓰레기(몬스터)와 같은 등급으로 떨어져 버렸다.

물론 많은 먹이들을 먹으면 예전의 강대한 힘을 되찾을 수도 있었지만, 그러기 위해서는 정말로 마력이 풍부한 먹이들을 많이 먹어야 했다.

하지만 그전에 목숨을 잃을 수도 있었다.

마나 하트에 강대한 마나를 가지고 있던 이전이라면 위협이 되지 않았겠지만, 마나 하트의 마나를 모두 소실한 현재 상태에서는 오마르 자신을 위협할 수 있는 몬스터가 상당이 많았다.

막말로 지금 상태로는 이전에 먹이에 불과했던 오우거나 미노타우로스조차도 위협이 되었다.

그러니 더욱 화가 난 오마르는 자신을 이렇게 만든 존재를 찾기 시작했다.

마나 하트의 공허로 인해 느끼는 공포와 두려움 그리고 분노로 인해 이성이 날아가 버린 오마르는 지구에 현신하자마자 로어를 터뜨렸다.

크워어어!

그리고 눈에 띄는 마력을 가진 존재들을 공격하기 시작했다.

'아, 이래서… 그랬던 것이구나!'

재식은 어스 드레이크 오마르와 동조를 하면서 오마르가

게이트 브레이크를 통해 물레울유원지 게이트에서 나왔을 때 보여주었던 행동 하나하나를 이해할 수 있게 되었다.

꽈직! 꽈직!

재식이 오마르와 동조를 하면서 생각에 잠겨 있을 때, 오마르는 계속해서 본능이 시키는 대로 헌터들과 몬스터들을 잡아먹으며 이동했다.

*   *   *

'그랬던 거야!'

어스 드레이크 오마르의 레이드가 끝났다.

재식은 어스 드레이크 오마르와 동조를 하면서 자신이 어떻게 오마르를 공격하고 또 오마르가 그 공격을 받으며 무슨 생각을 했는지, 헌터들을 어떻게 상대하려 했고 또 자신이 받은 임무를 어떻게 수행하려 했는지 모두 알게 되었다.

그리고 한편으로는 지금까지 자신이 오마르와 동조를 했던 것이 어떤 원인에 의해서였는지도 깨달았다.

자신이 챠콥의 던전에서 최수연에게 구해지고, 이곳 헌터 협회의 치료실 회복 캡슐 안에 있으면서 겪었던 챠콥의 기억들.

그리고 자신이 챠콥의 기억의 조각에서 마법을 기억해 내고 익혔던 것이나, 몬스터를 상대할 때 오크처럼 흥분하여 물러서지 않고 투기를 발산하는 것 등.

그 원인을 알 수는 없지만 자신의 행보에 도움이 되기에 미처 생각지 않았던 것들을 이제야 모두 알게 되었다.

판타지 소설 등에서는 드레이크를 드래곤의 열화 버전 내지는 머리가 나쁘고 본능만 있는 존재로 그려지는 것에 비해, 현실의 드레이크(오마르)는 결코 소설에서 그려진 드레이크처럼 미련하지도 그렇다고 본능만 있는 괴물도 아니었다.

목적을 위해서는 다른 몬스터를 이용할 줄도 알고, 또 불리해지면 뒤로 물러설 줄도 아는 전술가였다.

다만, 예상치 못한 변수로 인해 이성을 상실하고 본능만으로 움직이다가 재식과 여러 헌터 길드에서 나온 고위 헌터들에게 레이드를 당한 것이었다.

오마르와의 전투 중에 흡입한 피로 인해 재식은 그 모든 것을 깨닫게 되었다.

자신이 불법 인체실험을 당하면서 얻게 된 몬스터의 유전자(카피 켓과 메탈 슬라임)로 인해 몬스터의 유전자를 카피하여 점점 더 강력한 존재로 진화하고 있다는 것도 말이다.

카피 켓과 메탈 슬라임은 몬스터 중에서 그리 강한 몬스터는 아니다.

그런데 이 단순한 몬스터들의 유전자가 인간의 유전자와 만나 결합을 하고 또 다른 몬스터들의 유전자와 결합을 하면서 아무도 예상하지 못한 결과를 만들어 내고 있었다.

재식은 이러한 자신의 신체 비밀을 알게 되면서 흥분했다.

보그르르!

이때, 재식의 신체에서 변화가 일어나기 시작했다.

전투 중 흡수한 어스 드레이크 오마르의 유전자 카피가 시작된 것이었다.

용종인 어스 드레이크의 유전자로 인해 재식의 신체는 어스 드레이크와 비슷하게 변해 갔다.

우선 뼈의 밀도가 드레이크에 버금갈 정도로 단단해지기 시작했고, 그다음으로는 뼈의 골수에서 생성된 피가 심장을 통해 더욱 강렬한 마나를 품고 혈관이란 도로를 달렸다.

그리고 이렇게 보다 많은 마나를 운반하는 혈액으로 인해 근육들은 이전보다 더욱 질기고 단단해졌다.

뿐만 아니라 재식의 피부에서도 어스 드레이크가 가지고 있던, 강철보다 더 단단한 비늘이 돋아났다.

하지만 이러한 변화에는 대가가 필요했다.

모든 것은 등가교환의 법칙에서 벗어날 수 없다.

이렇게 재식의 신체가 어스 드레이크의 유전자로 인해 보다 진화하고 있을 때, 이러한 진화의 범위가 재식이 가지고 있는 마나만으로는 감당할 수 없는 상황에 직면한 것이었다.

심장의 마력진에서 생성되는 마나와 뼛속에 담아 두었던 마나 그리고 챠콥의 실험체들에게서 빼앗은 마나도 엄청나기는 했지만, 그것만으로는 어스 드레이크에 버금가는 신체 변신을 완벽하게 행할 수가 없었다.

그런데 다행스럽게도 재식이 있는 곳은 헌터 협회의 지하 회복실에 있는 최첨단 회복 캡슐이었다.

그리고 이 회복 캡슐은 지하에 있는 발전실과 연결되어 있어서 회복 캡슐에 소요되는 에너지를 공급받고 있었다.

재식은 어스 드레이크 오마르가 강제 게이트 브레이크로 인해 마나 하트가 공허해지자 헌터들과 몬스터들을 잡아먹음으로써 부족한 마나를 충전한 것처럼, 발전실에서 공급하는 전력을 빨아들여 부족한 에너지를 채웠다.

*   *   *

똑! 똑! 똑!

문밖에서 노크 소리가 들렸다.

"들어오세요."

침대 위에 누워 있던 재식은 낮은 목소리로 들어오라는 말을 했다.

드르륵!

"오빠, 안녕!"

문을 열고 들어온 사람은 정미나였다.

"응, 어서 와."

그런데 정미나 뒤로 또 다른 사람들의 얼굴이 보였다.

"문을 열었으면 어서 들어가지, 뭐한다고 문을 막고 있는 거냐!"

"어, 어서들 와요."

정미나의 뒤로 제5전대 대원들이 하나둘 모습을 보이며 들어왔다.

"몸은 좀 어때?"

"이번에도 회복 캡슐 하나 해먹었다며?"

병실 안으로 들어온 대원들은 재식을 보며 한마디씩을 했다.

재식은 저번 고블린 던전에서 구해져 이곳 헌터 협회 치료실에서 깨어났을 때도 회복 캡슐을 하나 부숴 먹었는데, 아니나 다를까, 이번에도 자신이 들어 있던 회복 캡슐을 부수고 깨어났다.

"아……."

재식은 놀리는 듯한 이하윤의 말에 당황하며 어색한 표정을 지었다.

"그래, 몸은 좀 어때?"

마지막으로 들어온 최수연이 나지막한 목소리로 안부를 물었다.

"괜찮아요."

수연의 물음에 재식은 빙그레 미소를 지어 보이며 대답했다.

그런 재식의 대답에 수연은 조심스럽게 재식의 이곳저곳을 살펴보았다.

환자복을 입고 있던 재식의 몸을 살피던 수연은 그에게 아무런 이상이 없어 보이자 안도의 한숨을 내쉬었다.

'휴우……'

덥석!

재식에게 아무런 이상이 없는 듯 보이자 최수연이 속으로 안도의 한숨을 내쉬고 있을 때, 누군가 몸을 날려 재식에게 안겼다.

"야!"

"정미나, 뭐야!"

침대에 앉아 있는 재식에게 몸을 날려 안긴 것은 바로 막내 정미나였다.

"오빠! 무사해서 다행이야! 흑흑……."

다른 대원들이 뭐라고 하건 말건 정미나는 재식의 품에 안겨 울먹였다.

그도 그럴 것이, 어스 드레이크가 최후의 발악으로 날린 화염 브레스를 재식이 몸을 날려 온몸으로 막아 낸 것은 물론이고, 뒤이어 재식이 이성을 상실한 것처럼 어스 드레이크에게 돌진해서 싸우던 모습이 정미나를 경악하게 만들었기 때문이었다.

더욱이 재식이 그렇게 이성을 잃은 것처럼 광분한 것에 자신이 일조를 한 것 같아 재식이 깨어나자마자 달려와 그의 품에 안긴 것이었다.

한편, 막내인 정미나가 재식의 품에 안기는 것에 놀라 소리치던 대원들은 정미나의 울먹이는 목소리에 그녀를 타박하던 것을 멈추고 숙연해졌다.

사실 자신들이 억지를 부리지 않았다면 재식이 여기 이렇게 병원 침대에 누워 있을 이유는 없었다.

재식은 자신들에게 선물을 주기 위해 잠시 헌터 협회에 들렀다가 자신들에 의해 억지로 끌려가다시피 그곳에 갔었다. 그리고 그 때문에 상처를 입고 협회 치료실 회복 캡슐에 들어가는 신세가 되었다.

그로 인해 순간 미안함이 밀려와 그녀들을 숙연하게 만든 것이었다.

"뭐 이 정도 가지고……."

재식은 자신을 걱정하는 정미나를 안심시키기 위해 위로의 말을 하려다가 숙연해진 그녀들의 모습에 잠시 말을 멈췄다.

그리고 무슨 말을 할까 망설이다가 다시 입을 열었다.

"헌터라는 직업을 택한 이상 어쩔 수 없는 거잖아. 이젠 괜찮아졌으니 너무 미안해할 필요없어."

토닥. 토닥.

괜찮다는 말을 하며 재식은 아직도 자신의 품에 안겨 있는 정미나의 등을 두드려 주었다.

"억지 부려서 정말 미안해, 오빠."

"아니야. 정말 괜찮다니까."

다시 한 번 미안하다며 사과를 하는 정미나의 말에 재식은 웃으며 말했다.

"그런데 오빠한테 사과해야 할 게 또 하나 있어……."

정미나는 재식의 품에 안겨 있는 모습으로 고개만 살짝 들어 올리며 불쌍한 표정으로 말을 했다.

"뭐? 그게 뭔데?"

또다시 잘못한 것이 있다며 사과를 하는 정미나의 말에 재식은 고개를 갸웃거렸다.

"응. 그게… 오빠가 준 선물이 망가져 버렸어."

미나는 몬스터 웨이브가 있던 날에 헌터 협회 자신들의 휴게실에서 재식이 선물로 주었던 팔찌가 망가진 것을 언급했다.

실드 마법이 인챈트되어 있던 그것이 어찌 된 영문인지 어스 드레이크와의 전투 후 작동을 하지 않는 것이었다.

이하윤이나 신초롱의 것은 멀쩡히 작동을 하는데, 전대장인 최수연과 부전대장인 권인하 그리고 자신의 것만 팔찌가 작동을 하지 않았다.

재식이 자신들에게 선물로 준 그 팔찌는 비록 재식이 직접 만들었다고는 하지만 던전에서 나온 아티팩트와 하나도 다를 것이 없는 아주 귀한 물건이었다.

그런데 그것이 전투 중에 망가진 것인지 이제는 작동을 하지 않고 있었다.

정미나의 말에 옆에서 듣고 있던 최수연과 권인하도 낯빛이 바뀌며 얼른 사과를 했다.

"미안해. 귀한 선물인데 관리를 잘 못해서 망가져 버렸어."

자신에게 사과를 하는 최수연과 권인하의 모습에 재식은 잠시 자신의 품에 안긴 정미나와 그녀들을 돌아보았다.

'어스 드레이크의 브레스를 막아 내는 과정에서 실드 마법을 인챈트 한 팔찌가 망가졌었지.'

그녀들은 알지 못했지만 당시 재식은 실드 마법이 인챈트된 팔찌가 망가질 것을 알고 있었다.

하지만 상황이 너무도 급해 그것을 설명해 주지 않았었다.

어스 드레이크의 화염 브레스로 인해 팔찌에 인챈트 한 마법이 감당할 수 있는 한계를 넘어섰기 때문에 카운트가 남은 팔찌였지만 팔찌에 새긴 마법진이 과부하로 타버린 것이었다.

그나마 다행인 것은 실드 마법이 하나만 펼쳐진 것이 아니라 권인하의 것과 최수연의 것도 작동을 했었기에 어스 드레이크 오마르의 화염 브레스의 위력을 줄일 수 있었다는 점이었다.

그리고 실드 마법이 시간을 벌어 주었기에, 팔찌의 기능이 멈췄을 때 재식이 그녀들의 몸 위로 배리어 마법을 걸어 주어 그녀들을 구할 수 있었던 것이었다.

하지만 세 개의 실드 마법이 인챈트된 팔찌는 수명을 다하고 말았다.

마법진을 이루고 있던 미스릴이 어스 드레이크의 화염 브레스에 녹아버렸기 때문이었다.

그러한 사실을 알지 못하고 있던 그녀들은 실드 마법이 인챈트된 팔찌를 선물해준 재식에게 자신들의 관리 소홀로 값진 선물이 망가졌다면서 사과를 하는 중이었다.

"그거라면 사과할 것 없어."

"응? 그게 무슨 소리야?"

재식의 말에 정미나가 의문 가득한 표정으로 물었다.

그의 말이 순간 이해가 되지 않았기 때문이었다.

그리고 그건 정미나 뿐만 아니라 실내에 있는 다른 사람들도 마찬가지였다.

"응, 그게 무슨 소린가 하면……."

재식은 의문 가득한 그녀들의 얼굴을 보며 자신이 준 팔찌에 대한 설명을 하기 시작했다.

"내가 준 팔찌에 대해 전에 설명했던 것처럼 팔찌에 인챈트된 실드 마법은 3서클의 마법이야. 여기까지는 기억해?"

실드 마법에 대해 설명을 하며 재식이 그녀들에게 물었다.

"응, 그때 팔찌를 주면서 이야기했었어."

정미나가 막 입을 열려고 할 때, 이하윤이 먼저 대답을 했다.

그런 이하윤을 돌아본 재식은 미소를 지으며 설명을 이어 갔다.

"그래. 다시 한 번 설명을 하자면, 내가 알고 있는 마법은 모두 1~5클래스의 마법들인데, 그중에 실드 마법은 3클래스의 마법이야! 그리고……."

재식은 어스 드레이크의 등급에 대해서도 설명을 하면서, 그런 어스 드레이크가 내뿜는 속성 공격인 화염 브레스의 위력에 대해서도 설명을 해주었다.

"그럼 어스 드레이크의 화염 브레스를 막기 위해서는 실드 마법보다 더 등급이 높은 마법이 필요하다는 거야?"

재식의 설명을 들은 정미나가 도저히 믿기지 않는다는 표정으로 물어왔다.

"맞아. 그 때문에 착용자가 위험할 때 자동으로 마법을 시전하는 아티펙트인 팔찌가 실드를 전개했지만, 버티지 못하고 깨져버린 거야. 그나마 다행은 수연 누나와 인하 누나의 팔찌도 시기적절하게 실드 마법을 전개했기에 차례로 마법이 깨지면서 어스 드레이크의 화염 브레스의 위력이 줄어들었다는 것이고. 또 시간을 벌어 주어 내가 다시 방어 마법을 걸어줄 수 있었다는 거지."

재식의 설명을 듣고 있던 신초롱은 순간 손뼉을 치며 감탄했다.

짝!

"아, 그래서 수연 언니와 인하 언니 그리고 미나의 팔찌가 과부하로 망가진 것이구나!"

설명을 들은 직후 가장 먼저 재식이 하는 말의 뜻을 깨달은 것은 신초롱이었다.

그리고 그녀의 설명이 이어지면서 방안에 있던 사람들도 재식이 하는 말의 의미를 깨닫고는 다시 한 번 재식을 돌아보았다.

"흐음……."

자신을 보며 고마움과 감탄 등의 복합적인 의미가 섞인 눈빛을 보내는 그녀들로 인해 재식은 순간 묵직한 신음을 흘렸다.

"야! 정미나. 그건 그렇고 언제까지 재식이 품에 안겨 있을 거야!"

뭔가 어색한 분위기가 이어지자 최수연이 아직까지도 재

식의 품에 안겨 있는 정미나를 향해 소리를 쳤다.

재식의 회복 소식을 듣고 병문안을 왔던 그녀들은 가장 먼저 재식의 병실로 들어간 정미나가 재식에게 날아들듯 안긴 것에 놀라 표정이 굳었지만, 망가진 팔찌에 대한 이야기를 하느라 정미나가 재식의 품에 안겨 있는 것도 잊고 있었다.

그러다 어색한 분위기를 벗어나기 위해 궁리를 하던 중, 수연의 눈에 아직도 정미나가 재식의 품에 안겨 있는 것이 포착된 것이었다.

어느 순간, 재식이 동생의 친구가 아닌 남자로서 의식되고 있는 시점에, 부하이기는 하지만 여성인 정미나가 재식의 품에 안겨 있는 것이 수연은 못마땅했다.

그리고 한편으로는 재식의 품에 정미나가 아닌 자신이 안겨 있으면 좋겠다는 생각이 들었고, 순간 그런 생각을 하는 자신이 미친 것은 아닐까 하는 생각도 들어 잠시 혼란스러운 나머지 자신도 모르게 정미나에게 소리를 친 것이었다.

"어! 어머, 그리고 보니 너 아직도 그러고 있네!"

"얌전한 고양이가 부뚜막에 먼저 오른다더니……."

수연이 소리친 이후 정신을 차린 이하윤과 신초롱도 한마디씩을 했다.

"앗!"

탁!

그녀들의 호통에 정미나도 정신을 차리고 얼른 재식의 품에서 빠져나왔다.

"헤헤. 오빠, 그래도 내가 안겨 있으니 기분은 좋았지?"

재식의 품에서 빠져나온 정미나는 윙크를 하며 재식에게 손가락 총을 쏘았다.

"핫! 저게 막내라고 오냐오냐했더니 어디서 요망한 짓을⋯⋯."

팡! 팡!

정미나의 장난스러운 제스처에 이하윤이 그녀의 곁으로 다가가 궁둥이를 쳤다.

"어머, 언니! 어딜 만지는 거야!"

두 사람은 언제 그랬냐는 듯 장난을 치며 분위기를 전환시켰다.

한편 두 사람의 그런 모습에 조금 전까지 민망한 표정이었던 재식은 다시 한 번 빙그레 미소를 지었다.

아닌 게 아니라 20대 초반의 미녀인 정미나가 자신의 품에 안겨 있었던 것이 그로서도 싫지만은 않았다.

아니, 방금 떨어져 나간 것에 약간 아쉬움마저 들었다.

물론 재식은 정미나를 지금까지 이성으로 생각하기보다는 동생으로만 생각했기에 무슨 엉큼한 생각을 한 것은 아니었다. 그건 단지 그저 남자로서의 본능과도 같은 것이었다.

그랬기에 재식은 약간 아쉬운 마음이 들었을 때, 순간 최수연의 눈치를 살폈다.

이들 중에 재식이 이성으로서 호감을 가지고 있는 것은 다른 사람이 아닌 최수연이었기 때문이었다.

비록 자신보다 연상이기는 하지만 오래전부터 그녀를 좋아했었기에 다른 사람보다 더 호감을 가지고 있는 재식이었다.

다만, 자신의 처지 때문에 떳떳하게 좋아한다고 말을 하지 못하는 것뿐이었다.

아무리 세상이 바뀌었다고는 해도 시술 헌터를 바라보는 사람들의 시선은 꼭 호의적인 것만은 아니었다.

인간은 기본적으로 자신과 다른 외형을 가진 존재에 대해 배타적인 모습을 취한다.

그것이 자신들의 생존에 큰 도움을 주는 존재라 할지라도 말이다.

겉으로는 몬스터의 위협으로부터 자신들을 지켜 주는 존재라 말을 하면서도, 한편으로는 겉모습이 인간이외의 존재로 변하는 것에 두려움을 느꼈다.

그러한 생각이 무의식적인 차별로 표출되었다.

이와는 반대로 각성 헌터의 경우는 시술 헌터와는 달랐다.

자신들과 하나도 다름없는 외형에 불이나 물 혹은 번개와 같은 이능을 다루는 각성 헌터의 경우에는 시술 헌터에게 보내는 두려움이나 경원시하는 시선이 아닌 경외와 동경의 시선을 보냈다.

영화나 신화에 나오는 슈퍼 히어로의 모습을 각성 헌터에게서 보고 있는 것이었다.

이러한 사회의 시선 때문에 재식은 쉽게 최수연에게 자신의 마음을 알리지 못한 채 곁에서 맴돌 뿐이었다.

또한 최수연은 최수연대로 이러한 재식의 생각을 알지 못했기에 자신보다 나이가 어린 재식에게 호감을 느끼고 있으면서도 그에게 쉽게 자신의 마음을 전달하지 못한 채 평행선을 걷고 있는 중이었다.

"흐흠!"

수연은 소란스러워진 분위기를 다잡기 위해 헛기침을 했다.

그런 수연의 모습에 한창 치고받고 장난을 치던 정미나와 이하윤은 얼른 동작을 멈추고 자리에 앉았다.

재식이 입원해 있는 병실은 헌터 협회 옆에 자리한 헌터 협회 부속병원이었다.

헌터 협회 소속 헌터나 직원들이 아프거나 부상을 당했을 때 이용하는 곳으로, 비록 재식이 헌터 협회 소속은 아니었지만 함께 몬스터 웨이브를 막고 또 돌발 상황으로 게이트에서 나온 위험 등급 7등급 보스 몬스터인 어스 드레이크를 잡는 데 혁혁한 공을 세웠기에 그에게 병실을 내준 것이었다.

이는 어쩌면 당연한 조치가 아닐 수 없었다.

다만, 이곳 헌터 협회 부속병원은 일반인 출입이 금지된 특수한 건물인지라 재식의 부모님이 면회를 오지 못한다는 것이 조금 아쉬운 부분이라 할 수 있었다.

이러한 조치는 예전에 한 차례 사고가 있은 이후로 취해진 조치였는데, 일반적으로 보기에는 불합리해 보이지만 테러를 막고 국가의 주요 전력을 보호하는 측면에서는 당연한 조치라 할 수 있었다.

인류를 위협하는 몬스터에 맞서는 주요 전력인 헌터들의 적은 비단 몬스터뿐만은 아니기 때문이었다.

"재식아. 우리가 찾아온 것은 우선 네 병문안과 위기에서 우리를 구해 준 일에 대한 감사 인사를 하기 위함도 있지만, 헌터 협회장님의 말씀이 있어서야."

"응? 헌터 협회장님이요?"

"그래."

"협회장님이 무슨 일로 내게……."

재식은 느닷없는 헌터 협회장이라는 말에 고개를 갸웃거렸다.

"너도 이번 위험 등급 7등급 보스 몬스터 사태와 관련해 많은 말들이 있다는 것은 알고 있을 거야."

재식이 이곳 병실에 입원한 지도 벌써 1주일이 넘게 흘렀다.

그동안 재식은 회복 캡슐을 나와 이곳에 입원해 있으면서 각종 검진을 받았다.

신체의 이상 유무와 신체 변화에 대해 정밀 검사를 받기 위해서였다.

그러는 과정에서 재식은 자신의 신체가 이전보다 훨씬 강해졌다는 것을 알게 되었다.

이는 어스 드레이크의 유전자를 자신의 신체가 받아들였기 때문이었다.

그리고 이렇게 검사를 받는 동안 병원 밖에서 벌어지고 있는 일들에 대해서도 뉴스를 통해 듣게 되었는데, 이를 통해 재식은 자신의 이름이 3대헌터 못지않은 명성을 얻고 있다는 것을 알게 되었다.

그 때문에 사실 고민도 많았다.

자신이 이렇게 이름을 날리고 있는 것을 성신 길드나 그곳의 길드장인 백강현이 어떻게 생각할지 걱정이 되었기 때문이었다.

그런데 느닷없이 헌터 협회장이 자신에게 할 말이 있다는 것에 놀랄 수밖에 없었다.

3. 아티펙트 제작 의뢰

병문안을 왔던 팀 유니콘의 제5전대 대원들이 모두 돌아간 후, 병실에는 재식 혼자 남았다.

혼자 남은 재식은 창밖을 바라보면서 조금 전에 최수연이 한 말을 떠올렸다.

"위험 등급 7등급의 보스 몬스터라는 말을 듣자마자 난 바로 협회에 지원 요청을 했어. 4등급짜리 몬스터 웨이브 정도야 우리들만으로도 충분히 막을 수 있지만, 위험 등급 7등급 몬스터, 그것도 일반 몬스터나 엘리트 몬스터도 아니고, 무려 보스 몬스터였어. 그래서 어쩔 수 없이 현장 상황을 설명했는데, 그 과정에서 네가 선물한 아티펙트를 이야기하지 않을 수 없었어."

원래 비밀로 해달라고 했던 일이었지만 어스 드레이크라는 돌발 변수로 인해 최수연은 어쩔 수 없이 지원 요청을 하는 과정에서 재식이 선물한 아티펙트인 실드 마법이 인챈트된 팔찌에 대해서도 언급을 했다.

만약 그러지 않았다면 헌터 협회는 언제나 그랬던 것처럼 그냥 헌터 길드의 헌터들만 현장으로 보냈을 것이다.

하지만 최수연은 현장에 아티펙트를 만들 수 있는 인재가 있음을 알리면 헌터 협회에서는 어떻게 해서든 그 인재를 구하기 위해 보다 많은 지원을 보낼 것이고, 다른 길드에 인재를 빼앗기지 않기 위해 협회 직할 고위 헌터도 포함시킬 것이라 생각했다.

그리고 그러한 수연의 예상은 정확히 들어맞았다.

다만, 두 개 전대가 올 것이라는 예상과는 다르게 헌터 협회에서는 한 개의 전대만 보냈다.

어찌 되었든 헌터 협회는 아티펙트를 제작할 수 있는 헌터를 구하고 또 길드에 빼앗기지 않기 위해 자신들이 가용할 수 있는 최고의 전력을 양평으로 긴급히 파견했다.

그런데 팀 유니콘의 제4전대 대원 세 명은 방심을 한 것인지 아니면 공명심에 눈이 먼 것인지 어스 드레이크 레이드 초기에 그만 어스 드레이크가 쏘아 낸 화염 브레스에 희생되고 말았다.

그 때문에 어스 드레이크의 레이드가 성공적으로 끝났음에도 불구하고 헌터 협회는 발표와는 다르게 분위기가 그리 좋지 못했다.

희생자가 나온 것도 나온 것이지만 위험 등급 7등급의 보스 몬스터를 잡는 데 성공했음에도 생각보다 부산물로 얻을 수 있는 이득이 적었기 때문이었다.

어스 드레이크의 가죽이나 뼈는 그런대로 괜찮았지만 몬스터의 부산물 중 가장 고가로 거래가 되는 마정석의 경우는 그렇지 못했다.

어스 드레이크의 몸에서 나온 마정석의 크기는 다른 위험 등급 7등급 몬스터에게서 나왔던 것들과 비슷했지만, 정작 그 안에 들어 있는 에너지의 양은 5등급 보스 몬스터와 비슷하거나 그보다 조금 많은 정도에 지나지 않았다.

그 때문에 헌터 협회는 어스 드레이크의 마정석을 팔지 못해 손해가 막심했다.

제4전대의 대원 세 명이 희생된 것에 대한 보상금과 제4전대와 제5전대가 파견나간 활동비도 주어야 하고 동원령에 의해 출동한 헌터 길드의 헌터들에게도 보상을 전달해야 했지만, 이로 인해 그러지 못하게 되었다.

이번 사태는 무려 위험 등급 7등급 보스 몬스터의 레이드였다.

막말로 죽으러 가라고 헌터들을 떠민 격이었으니 레이드에 성공한 헌터들에게 보상만이라도 충분히 해줘야 했다.

헌터 협회에서도 기자회견을 통해 위험 등급 7등급 보스 몬스터 레이드를 적은 희생으로 성공한 것에 대해 대대적으로 선전하면서 희생자와 레이드에 참석한 헌터들을 영웅이라고 부르면서 후한 보상을 하겠다는 약속을 했다.

그런데 분명하게 위험 등급 7등급 보스 몬스터라고 믿었던 어스 드레이크가 가죽과 뼈는 7등급 몬스터의 것이 맞지만 중요한 마정석에 하자가 있는 놈인지라 헌터 협회도 뒤늦게 비상이 걸렸다.

이 때문에 헌터 협회에서는 때 아닌 비상대책회의까지 열렸다.

이는 몬스터가 나타나서 이를 막기 위해 열린 대책회의가 아닌, 7등급 보스 몬스터를 성공적으로 막아 낸 헌터들에 대한 보상 문제를 어떻게 처리할 것인지에 대한 회의였다.

그리고 대책회의에서 나온 이야기가 바로 아티펙트를 제작할 수 있는 헌터(재식)에 대한 것이었다.

헌터 협회는 부족한 재원을 충당하기 위해 재식에게 아티펙트를 제작 의뢰하고 그것을 헌터들에게 어스 드레이크 레이드의 보상으로 준다는 계획을 세웠다.

아티펙트는 특별한 능력을 가지고 있어서 헌터들에게는

또 하나의 생명이나 마찬가지로 여겨질 만큼, 헌터라면 누구나 가지고 싶어 하는 물건이었다.

아니, 헌터들뿐만 아니라 권력을 가진 이라면 누구나 가지고 싶어 해서 엄청난 고가에 거래가 되었다.

적게는 몇 억에서 많게는 천억이 넘어갈 정도의 상당한 고가에 거래되고 있었다.

이번 사태에 300여 명의 고위 헌터들이 강제 동원으로 출동했다 하더라도 최소한 그들에게 10억 원 이상씩은 돌아가야만 하는데, 그렇게 따지면 3천억 원 정도는 있어야만 했다.

위험 등급 7등급 보스 몬스터 레이드로 얻어지는 이익이라면 적어도 천억 이상은 되는 것이 일반적이다.

하지만 어스 드레이크에게서 나온 것 중 가장 값이 비싼 마정석은 마정석이 가지고 있던 에너지의 함량 미달로 인해 팔지를 못해서 그만한 재원을 확보하지 못한 상태였다.

그렇기 때문에 다른 것으로 재원을 마련해 보상을 해주어야 하는데, 아무리 헌터 협회가 국가 기관이라고는 하지만 이러한 예산을 빠르게 확보할 수는 없었다.

그런데 재식에게 아티펙트를 제작 의뢰한다면 그 정도 예산이 들어가지도 않을뿐더러, 보상을 받을 헌터도 다른 보상 없이 아티펙트를 주는 것만으로도 충분히 만족할 것이 분명했다.

그렇기에 헌터 협회장이 회의가 끝나고 가장 먼저 찾은 사람이 바로 최수연이었다.

그녀가 아티펙트에 대한 이야기를 처음 꺼냈기 때문이었다.

최수연을 만나 자세한 이야기를 들은 김중배 협회장은 최수연에게 재식을 만나 헌터 협회의 입장을 설명하고 아티펙트 제작 의뢰를 타진하도록 지시했다.

재식은 혼자 남은 병실에서 수연이 던지고 간 제안을 떠올리며 고심에 빠졌다.

'하아… 협회의 의뢰를 받기도 뭐하고, 그렇다고 받지 않을 수도 없으니…….'

지금 재식이 고민하고 있는 것은 바로 이 문제였다.

정말이지 재식의 입장에서는 헌터 협회의 의뢰를 들어주기도, 그렇다고 들어주지 않기도 곤란한 처지였다.

들어주지 않자니 앞으로의 활동에 지장이 있을 것 같고, 그렇다고 들어주자니 현재 가지고 있는 것이 아무것도 없었다.

또한 헌터 협회에서 얼마나 많은 물량을 요구할지도 예상이 되지 않았다.

일단 최수연의 이야기를 통해 예상해보면 최소 300개 정도는 만들어야 하는데, 그 정도 아티펙트를 만들려면 아무리 간단한 실드 마법이 인챈트된 팔찌를 만든다 해도 몇

달은 활동을 접어야 했다.

뿐만 아니라 아티펙트를 만드는 재료를 생각하면 이것들을 구하는 것에도 상당한 돈이 들어갈 터였다.

물론 아티펙트 제작 의뢰를 받아들이면 헌터 협회와 협상을 해서 재료 수급에 도움을 받을 수도 있겠지만, 재식 개인적으로 손해가 많았다.

'괜히 선물을 했나?'

순간, 머리가 복잡해지다 보니 재식은 그녀들에게 아티펙트를 선물한 것에 대한 후회까지 들었다.

'아니야. 그것 때문에 누나와 인하 누나 그리고 미나가 목숨을 구할 수 있었잖아.'

후회도 잠시, 재식은 자신이 선물한 실드 마법이 인챈트된 팔찌로 인해 세 명이 목숨을 구할 수 있었던 것에 대해 떠올리고는 그런 생각을 털어 냈다.

다만, 그 일로 인해 다른 사람에게까지 자신의 비밀이 알려져 불편해진 것만은 사실이어서 기분이 마냥 좋지만은 않았다.

"하아… 그래도 해야겠지."

아무리 궁리를 해봐도 결론은 그것뿐이었다.

이미 자신에 대한 비밀이 헌터 협회 고위 관계자들에게 알려졌으니 의뢰는 받아들이는 것이 나중을 위해서라도 좋을 것 같았다.

"일단 협회의 의뢰를 받아들이는 것은 받아들이는 거고, 그럼 내가 취할 것은 뭐가 있지?"

재식은 어떻게든 자신이 이 일을 받아들여야 나중에 불합리한 일을 당하지 않을 것이라는 결론을 내리면서 바로 자신이 헌터 협회로부터 받아 낼 보상에 대해서도 궁리를 해 보았다.

그러자 예전과는 다르게 재식의 머릿속으로 빠르게 계산이 돌아갔다.

위험 등급 7등급 보스 몬스터인 어스 드레이크 오마르의 피에서 유전자를 흡수한 때문인지 예전보다 머리가 더욱 빠르게 회전하고 있었다.

＊　　　＊　　　＊

"저를 보자고 하셨다고요."

재식은 병원에서 아무런 이상이 없다는 판정을 받자마자 바로 헌터 협회를 찾아가 협회장인 김중배를 만났다.

"일단 앉아서 이야기를 하도록 하지."

김중배는 팀 유니콘의 제5전대장인 최수연에게 지시를 내린 지 하루도 되지 않아 찾아온 재식을 보며 의자를 권했다.

"네."

재식은 이곳에 싸우러 온 것이 아니었기에 협회장인 김중배의 권유대로 자리에 앉았다.

"차는 무엇으로 하겠나?"

김중배는 자연스러운 하대를 하며 물었다.

재식은 처음 보는 자신을 향해 아무런 언급도 없이 하대를 하는 것에 기분이 좋지 않았지만 일단 김중배의 나이나 직위를 생각해 이것은 넘어가기로 했다.

굳이 이런 걸로 각을 세울 필요는 없었기 때문이었다.

"차가운 얼음물이 된다면 그것으로 하고 싶습니다."

음료는 무엇으로 할 것이냐는 김중배 협회장의 물음에 재식은 그렇게 대답했다.

굳이 얼음물이 아닌 다른 것이어도 상관은 없었지만 왠지 그러고 싶어 얼음물을 주문했다.

"흐음, 얼음물이라……. 여기 얼음물 한 잔하고 커피 한 잔 부탁하네!"

재식을 안내했던 비서에게 그는 얼음물과 커피 한 잔을 가져올 것을 지시했다.

"알겠습니다."

비서는 김중배 협회장의 지시에 바로 대답을 하고 밖으로 나갔다.

"그래, 몸은 좀 어떤가?"

이미 재식의 몸에 아무런 이상이 없음을 재식보다 먼저

보고를 받아 알고 있으면서도 김중배는 짐짓 모르는 척 안부를 물었다.

그런 협회장의 질문에 재식은 아무런 표정 변화 없이 대답을 했다.

"괜찮습니다."

"그래. 정말이지 귀한 인재가 부상을 입고 돌아와 걱정을 많이 했는데, 아무런 이상이 없다니 천만다행이군."

재식의 대답을 들은 김중배는 뭐가 그리도 기분이 좋은 것인지 밝게 웃고 있었다.

"흐흠, 그런데 절 보시자고 한 이유가……."

굳이 이 자리에 오래 있고 싶지 않았던 재식은 바로 본론을 꺼내라는 신호를 보냈다.

어쩔 수가 없어서 이 자리에 나온 재식의 입장에서는 이 자리에 오래 있는 것이 썩 내키지가 않았다.

이러한 것을 잘 알고 있던 김중배는 재식이 어떤 기분일지 알면서도 시간을 끌고 있었다.

"무슨 바쁜 일이라도 있나?"

김중배는 모르는 척 무슨 일이 있냐는 듯 물었다.

이에 재식은 협회장인 그가 하려는 이야기를 최수연에게서 대충 들었기에 직접적으로 이야기를 꺼냈다.

"최수연 전대장님을 통해 대충 이야기는 들었습니다. 제게 아티펙트 제작 의뢰를 하시겠다고요?"

"흐흠… 그러하네."

단도직입적으로 물어보는 재식으로 인해 김중배는 할 수 없이 입을 열었다.

"이번 어스 드레이크 레이드를 성공적으로 마치는 데 힘을 써준 것에 대해 먼저 고맙다는 말을 전하고 싶네. 그리고 헌터들에 대한 보상 문제 때문인데… 이번에 레이드한 어스 드레이크의 마정석에 문제가 발견되어서……."

김중배 협회장은 저간의 사정에 대해 설명을 하고는 재식에게 아티펙트 제작을 부탁했다.

"그 때문에 고심을 하고 있었는데, 자네가 아티펙트를 제작할 수 있다는 소리를 들어서… 자네에게 아티펙트 제작 의뢰를 하려고 하는 것이네."

"물론 만들 수는 있습니다. 다만, 그러기 위해서는 아티펙트 제작에 들어가는 재료 수급과 또 의뢰에 따른 금액은 얼마로 할지 등을 말씀해 주셔야 합니다."

아티펙트 제작 의뢰를 받기는 하겠지만 재식은 결코 무료 봉사를 할 생각은 없었다.

그렇기에 의뢰비용을 얼마나 줄 것인지를 물었다.

"으음……."

얼마를 줄 수 있냐는 재식의 질문에 김중배는 잠시 침음성을 토했다.

처음으로 아티펙트 제작 의뢰를 하는 것이었기에 금액에

대한 이야기가 나오자 김중배도 순간 얼마를 주어야 할지 판단이 서지 않았기 때문이었다.

그도 그럴 것이, 지금까지 아티펙트는 던전에서 아주 가끔 발견되어 경매로 팔리기만 했지, 누군가 제작을 해서 팔았던 적은 없었다.

그 때문에 김중배도 순간적으로 당황하지 않을 수 없었다.

그렇지만 언제까지 당황하고만 있을 수는 없었기에 잠시 머뭇거리다 가격을 말했다.

"개당 1억 원은 어떤가?"

아티펙트 하나의 가격으로는 말도 되지 않는 금액이었지만, 김중배는 재식의 어떠한 말에도 반박할 말을 떠올리면서 가장 싼 아티펙트 가격의 1/3에도 미치지 못하는 가격을 언급했다.

그런 김중배의 대답에 재식은 속으로 어처구니가 없었다.

'헐! 어처구니가 없네. 아티펙트 제작 의뢰 비용으로 개당 1억 원이라고? 참나!'

정말이지 어이가 없는 제안이었다.

"그게 가능하다고 생각하십니까?"

"가능하지 못할 것은 또 뭐가 있나?"

어처구니가 없다는 듯한 재식의 물음에 김중배는 뻔뻔한 태도로 대답을 했다.

"그럼 협회장님께서 제작을 하시면 되겠군요."

재식은 더 이상 들을 것도 없다는 듯 자리에서 일어났다.

'어! 이게 아닌데!'

재식이 자신의 대답을 듣고 바로 일어나자 김중배는 이게 아니란 생각에 얼른 재식의 손을 붙잡았다.

"아니, 내가 그런 기술을 가진 것도 아닌데 어떻게 그런 말을 하나! 일단 앉아서 다시 이야기를 하지."

너무도 단호한 재식의 모습에 김중배는 조심스러워졌다.

"그럼 자네는 얼마를 원하나?"

김중배의 물음에 재식은 현재 거래되고 있는 아티펙트의 가격을 먼저 언급했다.

"제가 아티펙트 거래 가격을 찾아보니 상당히 고가에 거래가 되더군요. 싼 것은 10억 원에서 비싼 것은 몇 천억 원인 것도 많던데……."

"그런 것이야 던전에서 발견되는 오리지널이 아닌가? 우리가 원하는 것은 그런 오리지널이 아니라 사람이 제작한 것인데, 가격을 오리지널처럼 받는다는 것은 말이 되지 않는 일이잖은가."

김중배 협회장은 얼른 재식이 하는 말을 막아서며 입을 열었다.

하지만 그 말이 전적으로 맞는다고 할 수는 없음을 그 또한 잘 알고 있었다.

"물론 그렇게 볼 수도 있겠군요. 하지만 협회에서 의뢰한 아티펙트가 제가 제5전대에 선물한 실드 마법을 사용할 수 있는 것이라면 이야기가 다르지 않겠습니까?"

재식은 자신이 제작해 제5전대에 선물한 실드 마법 팔찌에 대한 이야기를 했다.

던전에서 발견되는 아티펙트 중에 가장 인기가 있는 것은 헌터들의 능력을 상승시켜주는 무기류나 장신구로서 그것들이 가장 비싸게 거래가 되었고, 그다음으로 고가로 거래가 되는 것이 바로 헌터의 몸을 보호할 수 있는 방어형 아티펙트였다.

그리고 가장 저렴한 것이 속성 능력이 있는 아티펙트다.

헌터라고 다 같은 헌터가 아니듯이 아티펙트도 다 똑같은 아티펙트가 아닌 것이다.

시술 헌터보다 각성 헌터가 더 고위 헌터로 올라가는 비율이 높고, 또 그렇다 보니 각성 헌터가 시술 헌터에 비해 더 많은 고액 연봉을 받고 많은 돈을 벌어들였다.

그러다 보니 각성 헌터들은 똑같은 아티펙트라 해도 속성 공격력이 있는 아티펙트보다는 자신의 능력을 증폭시켜줄 수 있는 아티펙트나 자신의 몸을 지켜 줄 수 있는 방어형 아티펙트를 선호했다.

그래서 자연스럽게 그러한 아티펙트의 가격이 올라갔고, 속성 공격력이 있는 아티펙트는 상대적으로 찾는 이가 적다

보니 전자에 비해 가격이 저렴했다.

다만, 속성 공격을 하지 못하는 시술 헌터나 혹은 헌터가 아닌 돈이 많은 권력자들이 자신의 신변을 지키기 위해 호신용으로 또는 경호원들에게 지급하기 위해 구입을 했기에 이러한 속성 공격력이 있는 아티펙트도 몇 억씩에 거래가 되고 있었다.

그러니 방금 전 김중배 헌터 협회장이 한 말은 반은 맞고 반은 틀린 이야기였다.

"뭐, 속성 공격을 할 수 있는 아티펙트를 원한다면 제작해드릴 수도 있는데, 그렇게 할까요?"

재식은 김중배 협회장이 어떤 유형의 아티펙트를 원하는지 잘 알면서도 그러한 말을 했다.

다만, 김중배 협회장이 모르는 것이 있었는데, 속성 공격을 할 수 있는 아티펙트나 실드 마법이 들어간 아티펙트나 제작 단가는 같다는 것이었다.

어차피 팔찌 형태로 제작될 것이고, 마법진을 그린 다음 마법진에 마력을 전달할 마나석만 중앙에 박아 넣으면 끝이기 때문이었다.

"하아… 내 솔직히 이야기를 하지."

김중배는 재식의 얼굴을 보면서 졌다는 표정을 짓고는 한숨을 쉬며 입을 열었다.

그의 말은 최수연이 하고 간 이야기의 재판이었다.

하지만 김중배의 이야기를 듣고 있던 재식의 눈이 어느 순간 빛을 발했다.

'옳지!'

* * *

똑! 똑!

"들어와!"

오랜만에 길드로 돌아온 백강현은 자신이 자리를 비운 사이 길드에 있었던 일들에 대한 업무를 검토하던 중에 노크 소리가 들리자 고개도 들지 않고 말했다.

덜컹!

백강현의 말이 떨어지기가 무섭게 저스티스의 전 팀장이었던 이종섭이 들어왔다.

"무슨 일이지?"

자신의 집무실 안으로 들어온 이가 이종섭임을 확인한 백강현은 용건부터 물었다.

그러자 이종섭은 바로 백강현을 찾아온 용건을 꺼냈다.

"협회에서 길드들에게 아티펙트를 나눠 준다고 합니다."

"아티펙트? 우리나라에서 아티펙트가 대량으로 숨겨져 있던 던전이라도 찾은 건가?"

백강현은 너무도 황당한 이야기에 농담처럼 중얼거렸다.

"그게 아니라 헌터 협회에 있던 정보원으로부터 조금 전에 들어온 정보인데, 얼마 전 양평에서 나타난 7등급 보스 몬스터 레이드에 동원된 헌터들에게 헌터 협회에서 보상으로 아티펙트를 주기로 했다는 겁니다."

이종섭은 방금 전에 자신에게 연락을 준 헌터 협회 정보원으로부터 들은 이야기를 그대로 백강현에게 전달했다.

그런 이종섭의 이야기에 백강현은 잠시 아무런 말도 하지 않고 조용히 생각에 잠겼다.

백강현이 아무런 말도 하지 않고 눈을 감자 이종섭은 조용히 기다렸다.

"흐음, 모든 헌터에게 주려면 돈이 만만치 않게 들어갈 텐데, 그건 어떻게… 아니, 그게 문제가 아니라, 그 정도 물량을 헌터 협회에서 어떻게 구한다는 거지?"

아무리 생각을 해봐도 말이 되지 않는 일이었다.

양평에 나타난 위험 등급 7등급 몬스터는 자신이 작년에 일본에서 잡은 야마타노 오로치와 같은 7등급 보스 몬스터라고 했다.

또한 그 레이드에 동원된 인원은 무려 300여 명의 고위급 헌터들이었다.

뉴스 영상으로 본 드레이크는 그리 강해 보이지는 않았지만 일단 헌터 협회에서 위험 등급 7등급 보스 몬스터로 발표를 했고, 레이드에 성공한 이상 그에 맞는 보상을 해야만 했다.

그런데 레이드 이후 어스 드레이크의 가죽과 뼈는 시중에 나와 판매가 되었는데, 가장 중요한 마정석이 나오지 않아 의아해하고 있던 참이었다.

그 때문에 백강현은 혹시 헌터 협회에서 자신을 견제하기 위해 무리하게 7등급 보스 몬스터가 아닌 드레이크를 7등급 보스 몬스터라고 발표한 것은 아닌가 하는 의심을 하기도 했다.

하지만 300여 명이나 되는 고위급 헌터들에게 보상을 해야 하는 문제를 생각하면 그 또한 말이 되지 않는 일이었다.

발표를 그리 했으면 헌터들에게도 그에 맞는 보상을 해야 하기 때문이다.

그렇게 되면 헌터 협회 예산 안에서 보상을 해줘야 하는데, 보통은 동원령에 강제 동원된 헌터에 대한 보상은 강제 동원을 통해 잡은 몬스터를 판매한 뒤에 그것을 가지고 보상이 이루어졌다.

그렇기 때문에 양평에 나타난 몬스터가 헌터 협회의 발표대로 위험 등급 7등급의 보스 몬스터라는 내용은 거짓이 아닐 터였다.

그런데 보상으로 아티펙트를 주겠다니…….

아티펙트는 주고 싶다고 해서 헌터 협회장이 마음대로 줄 수 있는 물건이 아니었다.

막말로 아티펙트가 던전에서 발견되었다고 해도 그것의 거의 대부분은 권력자들의 손에 들어갔다.

헌터 협회의 장이 헌터들에게 주고 싶어도 물량이 없어 줄 수가 없는 것이다.

그런데 300여 명이나 되는 헌터들에게 그걸 주겠다고 하니, 백강현으로서는 그 말이 이해가 되지 않았다.

"좀 더 알아봐!"

"예, 알겠습니다."

백강현은 그 정보에 도저히 믿음이 가지 않아서 좀 더 알아보라는 말밖에는 할 수가 없었다.

*　　　*　　　*

"뭐? 그게 사실이야? 헌터 협회에서 그런 일이 벌어지고 있다는 것이?"

성신 길드의 백강현이 이종섭에게서 보고를 받고 있을 때, 신성 길드에서도 비슷한 일이 벌어지고 있었다.

"예, 업무지원팀에서 나온 이야깁니다."

"흐흠, 업무지원팀이라면 그 말이 아주 신빙성이 없는 이야기는 아니란 소린데……."

신성 길드의 길드장인 유정권은 두 손을 모아 턱을 괴며 작게 중얼거렸다.

이는 그가 뭔가 고심을 할 때마다 취하는 버릇이었다.

그런 유정권의 모습에 보고를 하던 이재동은 그가 어떤 결정을 내리기만을 조용히 기다렸다.

"동원령에는 누가 갔었지?"

잠시 후, 생각하던 것을 멈추고 유정권은 자신의 길드에서 동원령에 파견나간 고위 헌터가 누구인지를 물었다.

"예, 글로리 스타 소속의 헌터 전원이 동원령에 파견을 나갔습니다."

글로리 스타는 신성 길드에 있는 메인 몬스터 레이드 팀의 이름이었다.

총원은 열두 명이며 시술 헌터와 각성 헌터가 적절히 조합된 대몬스터 레이드 팀으로서, 현재 헌터 길드 랭킹 2위에 오른 성신 길드의 메인 몬스터 레이드 팀인 저스티스와 비교가 되는 레이드 팀이었다.

사실 길드장인 백강현이 있기에 성신 길드의 저스티스가 좀 더 평가에서 우위에 있기는 하지만, 백강현을 빼고 오로지 팀의 역량으로만 따지면 성신의 저스티스보다 전력이 더 우수한 것은 신성 길드의 글로리 스타였다.

유정권은 그런 글로리 스타의 열두 명이 양평의 위험 등급 7등급 보스 몬스터 레이드에 갔었다는 말은 처음 듣는 것이었기에 깜짝 놀랐다.

하지만 어쨌든 레이드는 성공적으로 끝났고, 헌터 협회장이 레이드에 동원된 헌터들에게 보상을 하겠다는 약속까지 했다.

즉, 방금 전의 정보와 연결해서 생각하자면 자신의 길드 소속 헌터 열두 명이 아티펙트를 받게 된다는 소리였다.

물론 대한민국 재계 1위인 신성 그룹에서 밀고 있는 신성 길드였기에 길드 내에도 아티펙트가 꽤나 있기는 했다.

하지만 아무리 그렇다 해도 새롭게 열두 개나 되는 아티펙트가 들어온다는 것은 상당한 전력 상승이 예상되는 일이었기에 유정권으로서는 흥분하지 않을 수가 없었다.

"이거… 그 정보가 사실이라면 상당한 전력 상승이 예상되는군."

"예, 그렇습니다. 그런데 아티펙트를 준다는 말보다 더 믿기 힘든 말을 들었습니다만……."

이재동은 잠시 주변을 살피다가 나지막하게 입을 열었다.

이곳은 신성 길드의 길드장인 유정권의 집무실임에도 이재동은 마치 누가 들을지도 모른다는 듯이 조심스러운 모습을 보였다.

그런 이재동의 모습이 이상해 유정권은 바로 무슨 일인지 물었다.

"또 무슨 놀라운 정보라도 들었나?"

"예, 정말이지 지금 하는 말은 그냥 흘려들으셔도 되지만… 헌터 협회에서 이번 레이드 성공 보수로 아티펙트를 주겠다고 한 것이……."

"한 것이?"

"아티펙트를 제작할 수 있는 제작자를 찾아서 그에게 아티펙트 제작 의뢰를 했기 때문이라고 합니다."

"뭐!"

유정권은 이야기를 모두 듣고는 너무도 놀라서 자신도 모르게 고함을 지르고 말았다.

성신 길드의 이종섭은 미처 듣지 못했지만, 신성 길드의 이재동은 재식에 대한 이야기를 어렴풋이나마 주워들었던 것이었다.

재식이 아티펙트를 제작할 수 있다는 정보는 헌터 협회의 장인 김중배나 재식에게서 실드 마법 팔찌를 선물 받은 제5전대, 그리고 몇몇 고위직 외에는 아무도 모르는 극비 정보였다.

성신 길드나 신성 길드는 모두 헌터 협회에 정보원을 가지고 있었다. 그런데 신성 길드는 정확하지는 않지만 그에 대한 정보를 전달받았고, 성신 길드는 받지 못했다.

이것을 보면 성신 길드보다 길드 랭킹이 한 단계 밀리기는 하지만 아직도 신성 길드의 영향력이 더 우위에 있다 할 수 있었다.

"아티펙트를 제작할 수 있는 제작자가 있다?"

유정권은 작은 목소리로 방금 전에 이재동이 한 말을 중얼거렸다.

"그래, 아티펙트 제작자가 있다면 레이드에 동원된 헌터들에게 아티펙트를 나눠 주겠다는 것도 아주 불가능한 일은 아니지."

처음에 그는 글로리 스타 소속의 헌터들이 아티펙트를 받게 될 거라는 이야기에 조금 의아한 생각도 들었지만, 헌터 협회장이 주겠다고 발표를 했다면 하다못해 아주 싼 것이라도 구해다 줄 것이라 판단했다.

그러면서도 한편으로는 300개나 되는 아티펙트를 구하려면 헌터 협회의 예산만으로는 감당할 수 없을 텐데 라는 의문을 품었다.

그런데 생각지도 못한 아티펙트 제작자를 알고 있다면 그것도 불가능한 일만은 아니었다.

아티펙트 제작에 많은 예산이 들기는 하겠지만 경매를 통해 구하는 것보다는 훨씬 저렴한 비용으로 구할 수 있을 것이니 말이다.

"아티펙트 제작자가 있다는 말이 사실인지 좀 더 자세히 알아봐!"

유정권은 눈을 반짝이며 지시를 내렸다.

그리고 덧붙여 조건을 걸기도 했다.

"혹시 모르니 다른 길드들은 모르게 은밀히 알아보고, 그 정보가 사실이라면 어떤 것들을 만들 수 있는지, 그리고 우리도 의뢰를 할 수 있는지도 알아봐!"

"네, 알겠습니다."

"그래. 그럼 어서 나가봐."

유정권은 할 말을 마치고는 급하니 그만 나가보라는 듯 손짓을 했다.

그러자 이재동이 조용히 고개를 숙이고는 빠르게 유정권의 집무실에서 나갔다.

"아티펙트 제작자라……. 그가 누군지는 모르겠지만, 잘만 하면 밀린 길드 랭킹은 물론이고, 화랑이 차지하고 있는 1위 자리도 탈환할 수 있겠군."

이재동이 나가고 혼자 남은 집무실 안에서 유정권은 두 손을 모아 턱을 괴고는 그렇게 중얼거렸다.

*　　　*　　　*

"그게 사실인가? 실드가 인챈트된 방어형 아티펙트는 물론이고, 다른 종류의 것도 제작이 가능하다는 것이?"

김중배는 방금 전 재식이 한 말에 깜짝 놀라 재차 물었다.

"네, 물론입니다. 공격형 아티펙트는 물론이고, 힘이나 민첩성을 올려 주는 버프형 아티펙트도 제작 가능합니다."

믿을 수 없다는 표정을 지으며 다시 물어보는 김중배 헌터 협회장에게 재식은 또박또박 힘 있게 답을 했다.

너무도 확고한 재식의 대답에 김중배 협회장은 그의 말을 믿지 않을 수가 없었다.

"허허! 정말이지 놀랍군!"

김중배는 이야기를 하면 할수록 엄청난 말을 듣게 되자 순간 할 말을 잃어버렸다.

그는 재식이 S등급 헌터라는 것은 익히 알고 있었지만 설마 이런 능력까지 가지고 있는 줄은 미처 모르고 있었다.

또한 아주 우연히 그가 아티펙트를 제작할 수 있다는 말을 들었을 때에도 그저 상당한 능력을 가지고 있다고만 생각했는데, 지금 재식에게서 직접 이야기를 듣다보니 자신이 예상한 것보다 더욱 대단한 능력을 가지고 있었다.

놀람과 감탄으로 한동안 말이 없던 김중배는 잠시 생각에 잠겼다.

그는 재식이 제작할 수 있는 아티펙트의 종류가 많다는 것을 알고는 잠시 욕심이 생겼다.

헌터 협회장으로서 이번 어스 드레이크 레이드에 강제로 동원된 헌터들에게 아티펙트를 나눠 줘야 한다는 생각에 그는 여러 번 갈등을 겪었다.

최고로 좋은 것을 만들어 달라고 해서 그것을 헌터들에게 나눠 줄까?

아니면 갈등을 빚고 있는 헌터 길드들에는 저렴한 것을 주고 헌터 협회 직할 팀인 제4전대와 제5전대에만 좋은 것을 줄까?

막말로 자신들의 이득만을 위해 협회의 협조 요청에 소극적으로 나오는 길드들도 많았고, 또 이번처럼 사고를 치는 헌터 길드도 많았다.

아니, 사설 헌터 길드의 경우에는 대부분 정부 기관인 헌터 협회의 통제에 소극적으로 임하고 있었다.

그 때문에 김중배는 헌터 길드의 힘을 줄이려고 많은 노력을 기울이고 있는 중이었다.

그래야만 협회가 헌터 길드를 통제하는 게 쉬울 것이기 때문이었다.

그러니 아티펙트를 성능이 낮은 것으로 줄까 라는 생각이 들지 않을 수가 없었다.

자칫 성능이 좋은 것으로 나눠 주게 되면, 지금도 통제가 힘든데 더욱 힘이 강해진 상태에서는 통제에 따를 것인가라는 의문이 들었기 때문이었다.

한참 동안 고심하던 김중배는 결국 헌터 길드의 힘이 너무 강해지지 않는 선에서 적당히 헌터들의 안위를 지킬 수 있는 정도의 아티펙트를 제작 의뢰하는 것으로 결론을 내렸다.

"그 실드 마법인가가 인챈트된 아티펙트로 하지."

김중배 협회장의 결론은 재식이 제5전대에 선물했던 팔찌와 같은 것이었다.

다만, 제5전대에게 재식이 선물한 것은 하루 다섯 번의 사용 횟수 제한이 있기는 하지만 마력이 충전되면 다시 재사용이 가능한 것이었는데, 김중배 협회장이 원하는 것은 그런 것이 아닌 일반적인 방어형 아티펙트로서 사용 횟수 제한만 있는 아티펙트였다.

재식의 입장에서는 차라리 그게 더 좋았다.

최수연이나 제5전대 대원들에게 선물한 것은 겨우 3클래스 마법인 실드 마법을 인챈트한 아티펙트이기는 하지만 충전해서 재사용이 가능한 사실상의 반영구적인 물건이라 제작이 쉽지 않았다.

솔직히 속으로는 그런 것을 300개나 만들라고 하는 것은 아니겠지 라는 걱정을 하고 있었다.

그런데 김중배 협회장은 재식의 바람대로 그것보다 급이 떨어지는 일반 아티펙트를 의뢰했다.

마법의 사용 횟수는 총 10회로 사실 그것도 나쁜 편은 아니었다.

방어형 아티펙트로서 가장 기본적인 것은 사용 횟수가 5회인 것인데, 옥션에서는 평균 5억~8억 원 선에 거래가 되는 아티펙트였다.

던전에서 발견이 많이 되면 가격이 5억 원 정도로 떨어지고, 그렇지 않을 경우에는 최대 10억 원까지도 가는 방어형 아티펙트였다.

그러니 사용 횟수 10회라면 최소 10억 원을 호가하는 물건인 셈이었다.

"그것으로 충분하시겠습니까?"

재식은 혹시나 해서 물어보았다.

아나나 다를까, 김중배 협회장은 잠시 머뭇거리다가 재차 의뢰를 했다.

"그것 외에도 자네가 제5전대에 선물했던 것과 같은 아티펙트 100개와 힘과 민첩 능력을 향상시켜주는 버프형 아티펙트도 각각 100개씩을 제작해 주었으면 하네."

김중배 협회장은 이참에 헌터 협회 직할 헌터들에게 대여해줄 아티펙트도 구비하기 위해 재식에게 의뢰를 했다.

헌터 협회에는 팀 유니콘 외에도 시술 헌터와 각성 헌터로 구성된 직할 팀이 존재했다.

헌터 협회의 팀 유니콘은 전원이 각성 헌터였기에 유명해서 그렇지, 시술 헌터와 각성 헌터가 조합된 다른 직할 팀도 전국에 퍼져서 몬스터에 빼앗긴 터전을 되찾기 위해 열심히 활동하고 있는 중이었다.

그러니 그들도 이번 기회에 아티펙트로 무장을 하게 된다면 보다 더 전력이 상승할 테니 이참에 전력상승을 꾀하려는 것이었다.

하지만 재식은 어스 드레이크 레이드에 참가했던 300명의 헌터 외에도 추가로 헌터 협회 물량으로 반영구 실드 마법 팔찌 100개와 힘과 민첩 능력을 향상시켜 주는 버프형 아티펙트 각각 100개씩, 총 300개를 제작해 달라는 김중배의 말에 경악했다.

아무리 3클래스 마법을 인챈트 하는 것이라고는 하지만 헌터 길드의 헌터들에게 나눠 줄 300개의 아티펙트와 헌터 협회에 들어갈 300개, 총 600개의 아티펙트를 제작하는 것은 사실상 무리인 일이었다.

재식이 600개의 아티펙트를 제작하려면 헌터 협회에서 아티펙트에 들어갈 재료를 모두 공급해 준다 해도 1년 넘게 걸리는 작업이었다.

아버지와 어머니 그리고 최수연과 제5전대 대원들에게 줄 아티펙트를 만드는 데도 2주가 걸렸다.

물론 아버지와 어머니 그리고 제5전대 대원들에게 준 아티펙트는 방금 전에 김중배 협회장이 의뢰한 것보다 수준이 높기는 했지만, 600개는 결코 적은 숫자가 아니었다.

"으음, 너무 많은데요."

재식은 난감한 표정으로 솔직하게 말을 했다.

"그 정도 수량이라면 제가 사냥도 하지 않고 제작을 한다 해도 1년이 넘게 걸릴 것입니다."

"기간은 상관이 없네. 일단은 헌터 길드의 헌터들에게 나

뭐 줄 아티펙트만 우선적으로 제작해 주고, 협회에 납품할 아티펙트의 경우에는 그것들이 모두 끝난 뒤에 천천히 만들어 줘도 상관이 없네."

김중배 협회장도 자신이 무리한 의뢰를 했다는 것을 잘 알고 있었다.

그렇기에 일의 우선순위를 정하고 협회에서 필요한 아티펙트의 경우에는 천천히 만들어 달라는 말을 했다.

"알겠습니다. 그건 그렇고… 그럼 의뢰비용은 어떻게 하시겠습니까?"

4. 납품

위이이잉!

치익! 치지지직!

덜커덩! 덜커덩!

작은 공방에는 한 사람이 기계 앞에 앉아서 그것이 제대로 작동되고 있는지 지켜보고 있었다.

똑! 똑!

덜컹!

잠시 뒤, 노크 소리가 들리고 작업실 문이 열렸다.

"아버지, 작업은 잘 진행되고 있나요?"

작업실 안으로 들어온 사람은 바로 재식이었다.

작업실 안에 있던 사람은 재식의 아버지인 정성훈이었다.

재식과 부인 김정숙의 피나는 노력 덕분에 오랜 지병을 털고 일어나 정상을 되찾은 그는 한동안 재활을 하면서 간간이 소일거리로 아내 김정숙이 운영하는 분식점에 나가 일을 도왔다.

하지만 그것도 잠시.

가장으로서의 의무는 이미 장성한 아들인 재식에게 넘겼지만 남편이란 자리를 잃고 싶지는 않았던 그는 어떻게든 일을 하고 싶어 했다.

하지만 성훈이 몬스터에 당해 병상에 누워 있는 시간 동안 세상은 많이 바뀌어 있었다.

예전에 하던 일도 이제는 다른 사람으로 대체된 지 한참이나 지났고, 가진 지식도 이제는 희미한 기억 속에서마저 잘 떠오르지 않아 정말이지 할 일이 없어졌다.

그러던 중에 재식이 기막힌 제안을 해 왔다.

그것은 바로 팔찌를 만드는 일이었는데, 성훈이 직접 팔찌를 만드는 것이 아니라 그저 자동화 작업으로 기계가 팔찌를 만드는 과정을 지켜보면서 불량이 나오는 것만 확인하면 되는 무척이나 단순한 일이었다.

그 때문에 처음에는 이를 거절하고 다른 일을 찾아보려 했지만, 재식의 간곡한 청원에 그는 어쩔 수 없이 이 일을 맡게 되었다.

사실은 재식이 이 일을 맡아 주지 않으면 자신이 하나부터 열까지 모든 것을 해야 해서 시간을 너무도 빼앗긴다는 말에 일을 하게 된 것이었다.

그리고 아들의 일을 도와줄 수 있었기에 비록 단순한 확인 작업에 불과했지만 보람이 느껴지는 일이기도 했다.

"그래. 네 말대로 조금 속도를 줄이니 불량도 없고, 또 마감도 깔끔하게 잘 처리되는 것 같구나."

현재 이 작업장에서 하는 일은 헌터 협회에서 재식에게 제작 의뢰한 아티펙트의 기초 작업이었다.

팔찌 모양의 텅스텐 링에 레이저로 마법 문양을 음각하고, 가루로 만든 마나석을 어스 웜의 체액과 섞어 음각된 문양에 넣는 작업이 바로 이곳에서 하는 일이었다.

그리고 다음 공정으로 팔찌에 얇게 금도금을 하면 1차 공정이 마무리 된다.

이렇게 성훈이 공방에서 1차 작업을 마치면, 재식이 마법진 중앙에 하급 마정석을 박고 마법진을 활성화했는데, 이렇게 하면 비로소 실드 마법 팔찌가 완성되는 것이었다.

그런데 이런 작업을 재식 혼자서 하면 이틀에 1개의 마법 팔찌만 완성시킬 뿐이었다.

하지만 재식이 헌터 협회로부터 제작 의뢰를 받은 마법 팔찌의 수량은 무려 600개나 되었다.

비록 300개를 우선적으로 제작해서 납품하고 나머지

300개는 천천히 제작해도 되기는 하지만, 혼자서는 도저히 1년 안에 끝낼 수 있는 작업이 아니었다.

그러나 하늘이 무너져도 솟아날 구멍은 있다고, 대격변이 일어나고 차원 게이트와 몬스터가 나타났다고는 하지만 지구에는 과학이란 것이 아직 있고, 오래전부터 비슷한 제품을 대량으로 만들어 내는 기술도 있었다.

비록 재식이 제작해야 할 물건은 지구에는 없던 신화나 전설로만 전해지는 마법에 의한 물건이었지만, 그 형태는 지구에 있는 반지나 팔찌와 다르지 않았다.

그저 특별한 장치 없이 이적을 만들어 낸다는 것이 조금 다를 뿐이었다.

그래서 재식은 생각 끝에 결정을 내렸다.

지구의 기술로도 충분히 가능한 것은 지구의 기술로 만들고, 마법이 필요한 부분만 자신이 나서기로 말이다.

하지만 아무리 기술의 도움을 받는다 해도 혼자 하려면 시간이 많이 걸릴 수밖에 없었다.

아티펙트 제작도 제작이지만 재식에게 있어 현재 가장 필요한 것은 역시나 헌터로서 강해지는 것이었다.

현재 재식의 능력은 대한민국 헌터 중에서 100위권 안에 들어갈 정도이기는 했다.

하지만 이는 다른 말로 하면 재식을 능가하는 능력을 가진 사람이 100명이나 된다는 뜻이고, 재식과 비슷한 능력을 지닌 헌터도 그와 엇비슷하게 많을 터였다.

물론 직접적으로 싸움을 벌인다면 상위 몇 명을 빼고는 자신이 질 것이라는 생각은 들지 않았지만, 싸움이란 것이 언제나 1:1로만 벌어지는 것은 아니지 않는가.

그렇게 따지면 몇 명만 모여 재식과 대결을 벌여도 그로서는 감당하지 못할 것이란 이야기가 된다.

더욱이 현재 재식은 성신 길드나 몇몇 길드와 사이가 그리 좋지 못했다.

성신 길드와는 이제 별로 접점이 없기에 작년처럼 조심할 필요는 없지만, 양평에서의 어스 드레이크 레이드 이후 화랑 길드와 인피니티 길드와의 관계는 확실히 나빠졌다.

솔직히 그들과 재식이 어떤 접점이 있는 것은 아니었다.

다만, 레이드 당시 두 길드에서 파견된 공대들이 사고를 치면서 어처구니없게도 어스 드레이크 레이드의 최대 수훈자인 재식이 두 길드의 타깃이 된 것이었다.

자신들 산하의 공대가 사고 친 것을 해결해 준 것에 대한 고마움이나 보상을 하지는 못할망정, 이는 후안무치요 적반하장이 아닐 수 없었다.

더욱이 어떻게 알려진 것인지는 모르겠지만 재식이 아티펙트를 제작할 수 있다는 사실이 대형 길드 사이에 널리 퍼지면서 인피니티 길드에서는 공공연하게 재식을 압박하기 시작했다.

다행이도 헌터 협회에서 인피니티 길드의 행보를 잘 막아 주고는 있었지만, 재식으로서는 여간 신경 쓰이는 것이 아니었다.

그렇기 때문에 재식은 더욱 자신의 헌터 레벨을 올리는 것에 열을 올릴 수밖에 없었다.

그런 이유로 재식은 어떻게 하면 헌터 협회의 아티펙트 제작 의뢰를 빨리 끝내고 헌터 레벨을 올릴 수 있을지 궁리를 하다가, 아버지의 도움을 받기로 결정하고 자신의 집 지하실에 작업장을 만들었다.

그리고 무려 한 달 만에 헌터 협회에서 의뢰한 아티펙트 300개 중에 100개의 아티펙트를 만들어 낼 수 있었다.

아티펙트의 성능도 헌터 협회장인 김중배가 의뢰한대로 실드 마법이 열 번 정도 활성화되면 기능을 상실하게끔 세팅되었다.

그런데 앞으로는 조금 더 생산량이 늘어날 것으로 예상돼 아마 늦어도 40일 정도면 어스 드레이크 레이드에 동원된 헌터들에게 나눠 줄 300개의 아티펙트를 모두 납품할 수 있을 것 같았다.

사실 기계의 도움을 받았다고는 하지만 초기에는 처음 해 보는 작업이라 주먹구구식으로 작업을 해서 불량이 많았고, 또 성훈이 기계에 적응을 하지 못해 기계가 오작동을 해서 멈추는 일도 잦았다.

하지만 한 달여가 지나면서 성훈도 기계에 적응을 하고, 또 기계가 팔찌를 만드는 데 최적화 된 속도를 알아냄으로써 불량률을 줄이고 빠르게 정상적인 제품을 생산할 수 있었다.

이렇듯 성훈이 팔찌 제작에 익숙해지면서 재식이 아티펙트를 만들어 내는 속도도 빨라진 것이었다.

어차피 아티펙트는 기계로 생산된 팔찌에 최종적으로 재식이 마나석을 박고 마법진을 활성화해 주면 끝나는 일이었다.

겨우 3클래스 마법인 실드 마법을 화성화하는 일은 재식으로서는 하루에도 100번 이상도 할 수 있었다.

마법사가 아티펙트를 만드는 데 시간이 걸리고 많은 수량을 만들지 못하는 것은, 오로지 혼자 아티펙트의 형상을 만들고 또 마법진을 그릴 때 조금이라도 틀리지 않도록 정신을 집중해 그리다 보니 심력이 고갈되기 때문이었다.

하지만 지구에는 과학기술력에 의해 틀리지 않고 똑같이 복사를 하는 기술이 널리 발전되어 있었기 때문에 마법사가 고갈될 정도로 심력을 사용할 일은 없었다.

그러니 단순하게 마법진에 마력을 불어 넣어 활성화하는 정도의 심력 사용은 별로 어려운 일도 아니었다.

또한 이 일은 5클래스 마법사인 재식이 3클래스 마법을 화성화하는 정도의 심력과 마력 소모로 하나의 아티펙트를 만들어 내는 것이었다.

그러니 하루에도 수십 번 정도는 무리 없이 할 수 있는 작업이었다.

다만, 그렇게 하지 못하는 것은 전적으로 성훈이 담당하는 작업의 속도가 빠르지 않기 때문이었다.

"불량이 난 것은 따로 모아 두셨죠?"

아무리 기계로 똑같이 복사를 해도 마무리 연마 작업은 성훈이 직접 해줘야 했는데, 아직도 연마 과정에서는 종종 불량이 나왔다.

기계는 한 치의 오차도 없이 제품을 내놓지만 연마 과정에서는 어쩔 수 없이 인간의 손으로 마무리를 하니 불량이 나오는 것이었는데, 이것들은 재식의 손을 거쳐야만 제대로 된 아티펙트가 되었다.

다만, 이렇게 불량이 난 것은 아무리 재식이라도 헌터 협회에서 의뢰한 것보다 약간 질이 떨어질 수밖에 없었다.

이 때문에 실드 마법의 사용 횟수가 줄어 6회~9회 정도로 오차가 있어서 협회에 납품을 할 수는 없었다.

그렇지만 아티펙트로서의 가치가 전혀 없는 것은 아니고 옥션에 올라오는 것과 비슷한 성능은 되었기에, 재식은 이렇게 자신이 손을 본 아티펙트를 따로 모아 옥션에서 팔아 수익을 올리고 있었다.

이렇게 재식이 제작과정에서 불량이 난 아티펙트를 고쳐

옥션에 내놓다 보니 평소보다 방어형 아티펙트의 상품이 조금 늘어나면서 가격이 살짝 내려가기는 했지만, 원래부터 방어형 아티펙트의 가격이 높았기에 엄청난 수익을 올리고 있는 중이었다.

게다가 헌터 협회에서 의뢰한 가격보다 옥션에 올리는 불량품, 아니, 재활용품의 가격이 더 높아서 재식은 솔직히 살짝 욕심이 생기기도 했다.

하지만 자신이 헌터 협회의 아티펙트 제작 의뢰를 받은 것은 굳이 돈 때문은 아니었기에 재식은 살짝 욕심을 접었다.

"불량이 나오면 따로 두기는 하는데, 그제 이후로는 아직까지 불량이 나오지 않았다."

아들의 말에 성훈은 자부심 가득한 목소리로 대답을 했다.

"아, 그래요? 이제 아버지도 솜씨가 많이 느셨네요."

불량이 이틀째 나오지 않았다는 말에 재식은 빙그레 미소를 지어 보였다.

성훈은 아들의 칭찬에 크게 웃어 보이며 말했다.

"이 애비가 한다면 하는 성격이잖니. 앞으로는 더 이상 불량이 나지 않을 거다."

성훈은 헌터 협회의 의뢰로 납품을 하는 것보다 불량이 난 것을 재활용하여 옥션에 판매하는 것이 배는 더 비싸게 팔리는 줄도 모르고 그저 불량이 나지 않도록 해서 정상적인 제품을 납품해야겠다는 생각만 하고 있었다.

하지만 재식은 그런 아버지의 말에 그저 웃어 보일 뿐이었다.

"그건 그렇고, 우선적으로 만들어진 100개를 먼저 헌터 협회에 납품을 하겠다고?"

1차 분량으로 300개를 모아서 납품하지 않고 먼저 만들어진 100개를 우선적으로 납품한다는 것에 성훈은 의아한 생각이 들어 물었다.

"네. 벌써 어스 드레이크를 레이드한 지도 두 달이 다 되어 가는데, 아직까지 헌터 협회에서 그에 대한 보상을 해주지 않아 길드에서 말들이 많나 봐요."

아닌 게 아니라 헌터 길드들은 어스 드레이크 레이드가 끝난 지 한참이나 지났음에도 헌터 협회에서 아직까지 그에 대한 보상을 해주지 않는 것에 대해 내부적으로 성토를 하고 있었다.

다만, 헌터 협회에서 아티펙트를 나눠 준다는 약속을 했기에 겉으로는 참고 있을 뿐이었다.

그 때문에 헌터 협회에서도 자신에게 주문한 아티펙트가 얼마나 만들어졌는지를 물어 와서 재식이 이번 기회에 1차 물량을 풀기로 한 것이었다.

만들어진 수량이 적다면 조금 더 기다리겠다고는 했지만,

이미 생산된 아티펙트의 숫자가 100개나 되는데 굳이 이것들을 창고에 쌓아둘 필요가 없었기에, 말이 나온 김에 1차 납품을 하기로 결정했다.

"뭐 그것도 좋지. 어차피 이곳에 놔둬봐야 저것들이 새끼를 낳는 것도 아니니 얼른 치워버리는 것도 좋겠구나."

성훈은 자신이 만든 아티펙트들이 완성되어 작업장 한쪽에 쌓여 있는 것을 잠시 바라보다가 그렇게 말을 했다.

*   *   *

저벅! 저벅!

헌터 협회 로비를 걷는 재식의 발걸음은 작은 울림을 내며 사람들의 시선을 끌었다.

그도 그럴 것이, 헌터 협회에 들어서는 재식의 한 손에는 헌터 협회와 어울리지 않는 검정색 캐리어가 들려 있었기 때문이었다.

그리 큰 크기의 캐리어는 아니었지만 장소와 어울리지 않는 물건을 끌고 협회 안으로 들어오자 사람들의 시선은 물론이고, 이를 이상하게 여긴 보안 요원도 재식을 주시했다.

저벅!

"어떻게 오셨습니까?"

재식의 곁으로 다가온 보안 요원은 허리에 차용중인 보안

용 아티펙트를 한 손에 쥔 채 경계어린 시선으로 재식을 바라보며 물었다.

"업무지원과장님을 만나러 왔습니다."

재식은 보안 요원에게 차분한 표정으로 방문한 이유를 들려주었다.

"잠시만 기다려 주시기 바랍니다."

재식의 대답을 들었지만 보안 요원은 그를 쉽게 안으로 들여보내 주지 않았다.

"하아……."

재식은 그런 보안 요원의 모습에 작게 한숨을 내쉬고는 잠시 기다렸다.

그사이, 보안 요원은 재식이 언급한 업무지원과장에게 연락을 취했다.

"알겠습니다. 잠시만 기다려 주십시오."

잠시 통화를 중단한 보안 요원이 다시 재식에게 다가와 물었다.

"업무지원과장님께서는 오늘 누군가를 만나기로 한 스케줄이 없다고 하시는데, 정확하게 어떤 용무로 방문하신 것입니까?"

자신에게 다가와 물어보는 보안 요원을 잠시 바라보던 재식은 다시 한 번 한숨을 내쉬고는 상의 안주머니에 손을 집어넣었다.

그런데 재식이 사전에 아무런 동작이나 말도 없이 상의 안주머니에 손을 넣자 보안 요원은 깜짝 놀라며 허리에 차고 있던 제압용 아티펙트를 꺼내 들었다.

"꼼짝 마!"

느닷없는 소란에 사람들은 일제히 보안 요원과 재식을 쳐다보며 경계를 하기 시작했다.

한편 갑자기 자신에게 고함을 지르는 보안 요원을 잠시 돌아보던 재식은 그에 신경도 쓰지 않고 전화기를 꺼내 협회장인 김중배에게 전화를 걸었다.

"협회장님! 저 정재식입니다."

무언가 수상한 움직임에 아티펙트까지 꺼내 들고 소란을 피웠던 보안 요원은 재식이 상의 안주머니에서 꺼낸 것이 무기나 위험한 물건이 아닌 전화기인 것에 당황하며 움직임을 멈추고 멍하니 재식의 통화를 지켜보았다.

"오늘 1차로 100개를 가져왔는데, 아직 업무지원과장님과는 연락이 되지 않으신 것 같습니다?"

보안 요원으로부터 업무지원과장과 통화한 내용을 들었던 재식은 퉁명한 말투로 김중배 협회장에게 오늘 납품하기로 한 아티펙트에 대한 말을 꺼냈다.

다만, 주변에 듣는 사람이 많아 정확히 어떤 물건인지는 말하지 않았다.

하지만 재식과 통화를 하던 김중배는 지금 재식이 언급한 물건이 무엇을 말하고 있는지 알아듣고는 얼른 변명을 했다.

[아! 내 미처 이야기를 전달하지 못했네. 잠시만 기다려 보게.]

탁!

이야기가 끝나기 무섭게 김중배가 전화를 끊자 재식은 조금 황당한 표정이 되었지만, 김중배 협회장이 뭔가 조치를 취할 것이라 생각하고는 잠시 그 자리에서 기다렸다.

깜빡! 깜빡!

전화 통화를 마친 재식이 그저 가만히 제자리에 서있자, 이를 지켜보던 보안 요원도 한 손에 제압용 아티펙트를 든 채 눈만 끔뻑일 뿐이었다.

그런데 잠시 뒤 주변이 소란스러워졌다.

일단의 사람들이 엘리베이터가 있는 곳에서 몰려오고 있었다.

*　　　*　　　*

재식이 가져온 아티펙트를 인수받는 자리에는 헌터업무 지원과장인 엄규진 외에도 협회장인 김중배가 자리했다.

처음으로 던전에서 발견된 아티펙트가 아닌 지구에서 만들어진 아티펙트를 보는 자리였기 때문이었다.

물론 재식이 유니콘 제5전대에게 선물한 것 중에 신초롱과 이하윤이 가지고 있는 것을 보기는 했지만, 그것과 지금 보는 것은 조금 다른 것이었기에 어떻게 다른 것인지 확인하기 위해서이기도 했다.

"흐흠, 별로 달라 보이지는 않는데… 뭐가 다른 거지?"

김중배는 들고 있던 아티펙트를 돌려보며 자신도 모르게 조그맣게 중얼거렸다.

아티펙트에 관심을 보이는 김중배의 모습에 재식은 그에게 다가가 실드 마법 팔찌를 넘겨받아서 팔찌에 새겨진 문양을 보여주며 설명을 해주었다.

"여기를 봐주시기 바랍니다."

재식은 팔찌의 문양을 김중배의 눈앞에 들이밀고는 그것이 어떤 의미를 지니고 있는지 설명하기 시작했다.

그러면서 팔찌를 돌려가며 문양 가운데 끼워 넣은 작은 수정에 대해서도 설명했다.

"여기 마법 문양을 따라 끼워진 작은 수정 보이시죠?"

"아, 보이는군. 그런데……."

김중배는 재식이 보여준 팔찌에 자그맣게 붙어 있는 수정을 보다가 고개를 갸웃거렸다.

수정이기는 한데, 약간 푸른빛이 감돌고 있었다.

분명 재식에게 아티펙트 제작 의뢰를 하면서 재료도 함께 구해서 보냈었다.

그리고 그중에는 아주 작은 크기의 수정도 포함되어 있었는데, 팔찌에 끼워진 수정에서는 언뜻 봐서는 수정이 아니라 다이아몬드처럼 신비로운 빛이 반짝이고 있었다.

그 때문에 김중배는 자신들이 잘못 보낸 것은 아닌가라는 생각을 했다.

"수정에 마력이 들어가 있어서 이런 것이니 다른 생각은 하지 마십시오."

재식은 김중배가 무슨 생각을 하고 있는지 눈치 채고는 먼저 그의 생각을 차단했다.

"가운데에 마나석과 수정이 아홉 개 있는 것이 보이실 겁니다. 확인하셨죠?"

재식의 말이 끝나기 무섭게 김중배는 팔찌 하나를 들고는 속으로 팔찌에 새겨진 마법 문양의 가운데에 끼워진 마나석과 수정의 개수를 세어봤다.

'맞군. 그런데 이게 어쨌다는 거지?'

속으로 그런 생각을 하고 있을 때 재식의 설명이 이어졌다.

"팔찌에 주입된 마법을 한 번 사용할 때마다 수정 안에 들어간 마력이 소모 되면서 수정의 빛이 하나씩 사라질 것입니다. 그렇게 아홉 개의 수정에서 빛이 사라지고 최종적으로 가운데 마나석의 빛까지 모두 사라지고 혼탁해지면, 이 팔찌는 아티펙트로서의 기능을 모두 잃고 단순한 장신구

역할만 하게 될 것입니다."

"아!"

재식의 설명이 끝나자 김중배는 물론이고, 이를 지켜보던 엄규진 업무지원과장도 놀란 얼굴로 재식이 손에 들고 있던 팔찌를 쳐다보았다.

업무지원과장인 엄규진은 지금까지 이 정도의 아티펙트를 이렇게 가까이서 본적이 없었다.

직책이 직책이다 보니 그도 옥션처럼 특별한 물건들을 경매하는 곳에 자주 가보기는 했었다.

헌터 협회 소속의 헌터들 중에는 바쁜 일정 때문에 개인적인 시간을 빼서 자신의 장비를 구할 수가 없는 이들도 있는데, 이런 이들이 업무지원부서에 지원 요청을 하고는 했다.

이들 중에 대부분은 몬스터 레이드에 필요한 무기나 방어구와 같은 것들을 구해 달라는 요청을 했고, 몇몇 고위 헌터들 중에서는 그런 것들 외에도 아주 가끔 나오는 아티펙트를 구해 달라는 요청을 하는 경우도 있었다.

그리고 그런 헌터들 말고도 업무가 업무이다 보니 그가 아티펙트에 대해서 잘 알 것이라 생각한 몇몇 고위층에서까지 자신들에게 필요한 아티펙트를 구해 달라고 요청하는 이들이 있어서, 엄규진은 겸사겸사 경매장을 찾아 경매물로 나온 아티펙트가 있는지 찾아보기도 했었다.

그렇게 웬만한 사람보다 아티펙트를 접할 기회가 많았던 그였기에, 경매장에서 본 것과 지금 눈앞에 보이는 팔찌형 아티펙트를 비교해 보고는 감탄을 할 수밖에 없었다.

'저거 시중에 풀리기만 하면 최소 10억 이상은 받겠는데……'

그랬다. 그가 본 방어형 아티펙트 중에 무려 열 번이나 방어 마법인 실드를 사용할 수 있는 아티펙트는 최소 10억 원 이상에 거래가 되고 있었다.

재식이 만든 아티펙트는 그저 단순한 동그란 링 모양의 팔찌였지만 현대 감각에 맞게 단순하면서도 표면을 도금 처리한 것이 너무도 세련돼 보였다.

노란 빛깔의 금과 그 안에 새겨진 하얀 색의 문양 그리고 문양 안에 박힌 반짝이는 보석들은 그 자체만으로도 예술이었다.

그러니 주인을 잘만 만난다면 10억이 아니라 그 이상도 받을 수 있을 것 같았다.

그런데 헌터 협회에서는 저렇게 고급스러운 아티펙트를 시중의 1/3 가격에도 못 미치는 개당 3억 원에 주문을 했다.

정말이지 그것만으로도 헌터 협회는 엄청난 예산을 절약한 것이나 마찬가지였다.

이 아티펙트들은 모두 두 달 전 양평에서 벌어진 어스 드레이크 레이드에 참여했던 헌터들에게 나눠 줄 것이었는데, 엄규진은 그것을 생각하니 살짝 배가 아파왔다.

이렇게 좋은 것은 협회 소속의 헌터들에게 나눠 주는 것이 훨씬 값어치가 있을 것이라 생각됐기 때문이었다.

하지만 레이드에 참가했던 헌터들에게 보상을 해주어야 하는 것도 맞았다.

그런데 현재 협회가 가진 예산만으로는 300명이나 되는 헌터들에게 적절한 보상을 해줄 수가 없었다.

개인당 10억 원씩만 보상을 한다고 해도 보상비용으로 무려 3천억 원이나 되는 천문학적인 금액이 들어간다.

그렇지만 현재 헌터 협회가 가지고 있는 자산은 겨우 1조 3,500억 원 정도뿐이었다.

그것도 당시에 잡힌 어스 드레이크의 부산물을 판 금액을 합친 금액이 바로 이것이었다.

물론 헌터들에게 주어야 할 보상액이 3천억 원이니 그래도 1조 5백억 원은 남지 않느냐 라고 말할 수도 있다.

그 말도 맞기는 하다. 하지만 남은 1조 5백억 원 가지고는 남은 기간 동안 헌터 협회를 꾸려갈 수가 없었다.

헌터 협회는 무척이나 방대한 조직이었다.

그렇기 때문에 헌터 협회가 한 달에 사용하는 업무 비용만도 1조 5백억 원 정도이고, 혹시나 헌터 협회 직할의 헌터 전대가 출동을 하게 되면 비용은 급속도로 올라간다.

협회 직할 헌터들이 출동을 하면 그들이 사용하는 장비들이나 복귀 후 정비 비용까지 해서 본전치기만 해도 협회로서는 다행인 일이었다.

헌터들이 출동을 했으니 당연히 몬스터의 부산물이 나올 것이니 말이다.

하지만 길드 소속의 헌터들과는 다르게 헌터 협회 직할 헌터들이 출동을 하는 곳은 수익을 생각하고 전투를 벌일수 있는 곳이 아니었다.

출동이 늦어지면 국민의 생명이 위협받는 곳이 대부분이었기에 최대한 신속하게 출동을 했고, 또 너무 급히 출동을 하다 보니 대체로 방어가 부실한 경우가 많았다.

그래서 부상을 입고 복귀를 하는 이도 꽤나 많았다.

그 때문에 협회 지하에 있는 회복실은 자리가 비는 경우가 드물었다.

사실 재식이 최수연에게 구출되었을 때도 재식이 헌터 협회의 의뢰를 받고 던전에 들어갔다가 화를 당했기에 특별히 회복실에서 회복 캡슐에 들어갈 수 있었던 것이지, 만약 그렇지 않고 몬스터 필드에서 부상을 당한 것이었다면 회복 캡슐은 고사하고 회복실에서 치료조차 받지 못했을 것이다.

그만큼 헌터 협회에서는 직속 헌터들의 부상을 치료하는데 최고의 시설을 갖춰 놓고 있었기 때문에 이곳에 들어가는 비용도 상당해서, 헌터 협회 간부들의 업무 중에 가장 많은 부분을 차지하는 것이 바로 부서에서 사용되는 업무 비용을 최대한 줄이는 것이었다.

그러니 무려 100개나 되는 아티펙트를 보고 엄규진의 생각이 그런 쪽으로 돌아가는 것도 어찌 보면 당연했다.

저것만 팔아도 자신들이 자린고비처럼 아끼지 않고도 여유롭게 예산을 집행할 수 있기 때문이었다.

"일단은 100개가 완성되어 먼저 가져왔습니다."

재식은 김중배 협회장이 들고 있는 팔찌를 눈을 반짝이며 유심히 쳐다보고 있는 엄규진에게 캐리어를 들이밀며 말했다.

"수량을 확인해 보시죠."

아직도 팔찌에서 눈을 떼지 못하고 있는 김중배 협회장 대신에 재식은 실질적인 업무를 담당하고 있는 업무지원과 장인 엄규진에게 말을 했다.

"네, 알겠습니다."

자신 앞에 아티펙트가 들어 있는 캐리어를 들이밀자 엄규진은 약간 흥분된 목소리로 대답을 했다.

그리고 열린 캐리어 속에서 나무로 된 케이스를 꺼내 수량을 확인했다.

첫 번째로 꺼낸 케이스에는 19개의 팔찌가 있었고 빈자리 하나가 보였다.

자리가 하나 비는 것은 검수를 받기 위해 김중배에게 보여주려고 꺼낸 것이었는데, 그것은 현재 김중배 협회장이 들고 있었다.

그렇게 첫 번째 케이스를 확인한 엄규진은 차례로 두 번째, 세 번째 상자들을 꺼내 수량을 확인했고, 마지막 다섯 번째 상자까지 모두 확인을 한 후 아티펙트가 들어 있는 상자를 다른 상자에 넣고 봉인했다.

덜컹!

쫘라락!

*   *   *

후릅!

"이제 1차 물량 중에 1/3이 들어왔는데, 나머지 2/3는 언제쯤이나 받아볼 수 있겠나?"

김중배가 자신 앞에 놓인 냉커피를 한 모금 마시고는 재식에게 물었다.

"도와주시는 분이 계셔서 앞으로 한 달 하고 보름쯤이면 받아보실 수 있을 것입니다."

재식은 잠시 계산을 해보고는 그렇게 대답을 했다.

대충 계산을 해보니 40일 정도면 충분할 것 같았지만, 혹시 변수가 있을지 몰라 5일 정도 더 여유를 가지고 납품 기한을 이야기한 것이었다.

물론 김중배의 입장에서는 이 또한 예상보다 훨씬 빠른 시기였기에, 앞으로 45일 뒤면 1차로 어스 드레이크 레이드에 참가했던 헌터들에게 보상을 할 수 있을 거라는 생각이 들어 기분이 좋아졌다.

어떻게 알았는지 어스 드레이크 레이드의 보상으로 아티펙트가 지급될 것이라는 소문이 나는 바람에 길드들에서 헌터 협회로 들어오는 압력이 이만저만이 아니었다.

그런데 오늘 들어온 물량으로 일단 대형 길드 먼저 처리를 하면 중소형 길드 정도는 조금 늦어도 별다른 이야기는 나오지 않을 터였다.

또한 이번 보상으로 아티펙트를 지급하게 되면, 앞으로 위험 등급 7등급의 보스 몬스터와 같은 재앙급 몬스터가 나오게 되더라도 헌터 길드가 비협조적으로 나올 일은 없어질 것이었다.

왜냐하면 대한민국에 아티펙트를 제작할 수 있는 헌터가 나타났고, 그 헌터를 알고 있는 사람은 헌터 협회에서도 소수일 뿐이니, 현재로서는 헌터 협회만이 아티펙트 제작 의뢰를 할 수 있기 때문이었다.

무슨 이유에서인지 자신이 아티펙트 제작자라고 나서는 이가 없었기에 헌터 길드나 고위 헌터들은 헌터 협회가 아티펙트를 제작 의뢰하여 그것을 풀기만을 기다려야만 했다.

그러니 그동안은 자신들의 이득을 위해서만 움직이던 대

형 길드는 물론이고, 중소형 길드 또한 예외 없이 앞으로는 협회에 협조적일 것이 분명했다.

"그런데 협회의 주문 물량이 모두 제작되면 앞으로는 더 이상 의뢰를 받지 않겠다는 생각에는 변함이 없는 것인가?"

김중배가 한 달 전에 재식과 나누었던 이야기를 상기하며 물었다.

"네. 무엇 때문에 다시 그런 질문을 하시는 것인지는 알 겠는데, 현재 제 사정상 아티펙트만 만들고 있을 수는 없습 니다."

헌터 협회장인 김중배의 물음에도 재식의 대답은 단호했 다.

자신보다 강하거나 혹은 자신을 세력으로 찍어 누를 수 있는 헌터 길드나 클랜은 현재 너무도 많았다.

그리고 눈을 해외로 돌리면 그 숫자는 더욱 많아진다.

실제로도 요즘 재식의 주변으로는 외국인들이 많이 눈에 띄고 있었다.

대격변 이전에도 초강대국이었던 미국은 물론이고, 러시 아와 중국, 신흥 강국으로 떠오르는 인도와 유럽 국가들도 갑자기 아티펙트가 늘어난 한국에 사람을 보내고 있었다.

그들 대부분은 던전에서 대량의 아티펙트를 발굴했다거 나 혹은 소문처럼 누군가 아티펙트를 제작할 수 있게 된 것 은 아닌지 자세한 내막을 알아보기 위해 파견된 스파이들이었다.

그 때문에 현재 헌터 협회는 물론이고, 대한민국 정부에서도 갑자기 늘어난 외국인들을 감시하기 위해 노력하고 있었다.

"그래도 우리 협회의 의뢰는 받아 주었으면 하는데… 안되겠나?"

김중배는 재식의 단호한 말에 사정하듯 말했다.

"흐음… 이번처럼 대량으로 만들기는 힘들겠지만, 한 달에 일정 수량만 만드는 정도라면 협회의 의뢰를 받아들이겠습니다."

"그게 정말인가?"

"네. 하지만 다음부터 공급되는 아티펙트는 이번 거래와는 다르게 시중에서 아티펙트가 거래되는 가격을 기준으로 30% 정도만 낮은 금액으로 공급할 것입니다."

"그, 그게……."

재식의 말에 김중배는 너무 놀라 순간 할 말을 잃었다.

아티펙트의 가격을 기존 공급 가격으로 하는 것이 아니라, 시가에서 30%만 다운된 가격으로 공급한다고 하자 그로서는 놀라지 않을 수가 없었다.

물론 그래도 헌터 협회의 입장에서는 엄청난 이득이었지만, 이번 거래에서 얻은 이득과 비교를 하면 몇 배나 오른 가격이었기에 조금 아까운 생각이 들었다.

"좀 비싸다고 생각하실 수도 있겠지만 솔직히 말하면 어디까지나 이번 거래는 제가 필요한 것이 있어서 말도 되지 않는 금액에 의뢰를 받은 것이지, 그것이 아니었다면 아무리 협회장님의 부탁일지라도 말도 되지 않는 거래였습니다."

재식은 당황하는 김중배 협회장을 보면서도 얼굴색 하나 변하지 않고 단호하게 말을 했다.

괜히 이야기를 질질 끌면서 무르게 나갔다가는 오히려 자신이 끌려갈 수도 있었다.

그러니 이참에 누구에게 칼자루가 쥐어져 있는지 확실하게 하는 것이 나중을 위해서도 나은 결정이었다.

"알겠네! 그럼 어떤 것으로 협회에 납품할 생각인가? 그리고 수량은 어느 정도나……."

어차피 칼자루가 누구에게 쥐어져 있는지 잘 알고 있던 김중배로서는 아티펙트를 만들 수 있는 유일한 사람인 재식을 자극하지 않고 바로 꼬리를 내리면서 협상에 들어갔다.

"일단 기존에 10회짜리 실드 마법 팔찌 열 개와 마력을 증폭시켜 주는 완드 열 개, 그리고 민첩과 힘을 증폭시켜 주는 팔찌를 각각 다섯 개씩, 총 30개의 아티펙트를 만들어 드리죠."

"흐음, 그러니까 협회에 납품하는 것과 같은 품질의 아티펙트 20개와 오늘 가져온 실드 마법 팔찌 열 개를 한 달에 한 번씩 납품을 하겠다는 말인가?"

"네. 그렇습니다."

"흐흠……."

전에 계약한 아티펙트의 제작 의뢰가 끝나면 그 뒤로는 한 달에 한 번씩 30개의 아티펙트가 협회로 납품될 거라는 말에 김중배 협회장은 신중하게 생각을 해보았다.

실드 마법 팔찌라면 협회용으로 주문한 것이 훨씬 성능이 좋았다.

물론 둘 다 장단점이 있었다.

헌터들에게 나눠 줄 실드 마법 팔찌는 사용 횟수 제한이 있기는 하지만 연속으로 10회를 사용할 수 있었다.

그에 반해 협회용으로 주문한 실드 마법 팔찌는 하루에 사용할 수 있는 실드의 숫자가 분배용으로 제작한 것보다 절반이나 적은 5회였다.

다만, 협회용으로 주문한 팔찌는 자체적으로 에너지를 충전하여 반영구적으로 사용할 수가 있었다.

'횟수 제한이 있는 것보다 비록 5회지만 충전해서 계속 쓸 수 있는 것이 더 낫지 않을까?'

김중배는 한참 동안이나 고심했다.

'아니야! 더 이상 대량 주문을 받지 않는다고 했으니 나중을 생각하면 그냥 그의 제안대로 횟수 제한이 있는 것을 받는 것이 좋겠어!'

한참을 고심하던 김중배는 재식의 말대로 횟수 제한이 있는 마법 팔찌를 받는 것이 앞일을 생각하면 더 좋을 것이라는 판단을 내렸다.

반영구적으로 사용할 수 있는 마법 팔찌가 있다는 것을 뒤늦게라도 헌터 길드에서 알게 된다면 가만히 있지 않을 것이 뻔해 보였기 때문이었다.

5. 헌터 코리아 옥션

똑! 똑!

재식은 휴게실의 문을 노크했다.

이곳은 팀 유니콘의 제5전대 전용 공간으로, 재식이 이곳에 온 것은 8개월 전에 실드 마법이 인챈트된 마법 팔찌를 제5전대 대원들에게 선물하기 위해 왔던 이후 두 번째였다.

"들어오세요."

안에서 정미나의 목소리가 들렸다.

척!

"안녕."

"어머, 오빠! 이게 얼마 만이에요?"

정미나는 문을 열고 들어오는 사람이 재식인 것을 확인하고는 얼른 그의 앞으로 다가오며 반갑게 맞아 주었다.

재식을 다시 본 것이 너무도 반가워 정미나는 활짝 웃으며 재식의 품에 뛰어들었다.

덥석!

"하하, 그래 반갑다. 그런데 다른 사람들은?"

재식은 자신의 품에 안긴 정미나를 내려다보며 물었다.

보통 지금 시간이면 제5전대 대원들이 모두 모여 있을 시간이었기 때문에 정미나 혼자밖에 없는 것이 의아해 물어본 것이었다.

"응, 수연 언니하고 인하 언니는 간부회의에 갔고, 하윤 언니하고 초롱 언니는 요즘 한창이잖아."

정미나는 전대장인 최수연과 부전대장인 권인하가 협회 간부회의에 가서 자리에 없음을 알리고는 신초롱과 이하윤의 경우에는 살짝 윙크를 하며 장난스럽게 그녀들의 행방을 알렸다.

재식이 한창 헌터 협회의 제작 의뢰를 받아서 아티펙트를 제작하고 있을 때, 두 사람에게는 각자 연인이 생겼다.

"그래?"

"응. 수연 언니 동생하고 그 친구라고 하는데, 쉬는 날에는 언니들하고 자주 어울리면서 몬스터 헌팅도 나가고 그러나 봐.”

'아!'

정미나의 입에서 나온 수연 언니의 동생과 그 친구라는 말에 재식은 1년 전에 만났던 수형과 태형의 얼굴을 떠올렸다.

'수형이하고 태형이라……. 두 사람이면 초롱이나 하윤이랑 잘 어울리기는 하지.'

누가 누구의 애인인지는 모르겠지만 재식이 보기에 그 둘은 누구와 파트너가 되더라도 잘 어울릴 것 같았다.

“뭐야? 왜 갑자기 말도 없이 멍하니 있는 건데. 혹시……?”

정미나는 갑자기 대화를 하다 말고 무언가 골똘히 생각을 하는 듯한 재식의 모습에 약간 심통이 난 것처럼 말을 했다.

“아, 미안! 수형이랑 태형이라면 나도 잘 알고 있어서…….”

재식은 얼른 심통이 난 듯한 정미나를 달래듯이 말하고는 화제를 돌렸다.

“거기 클랜에는 괜찮은 애들이 많던데, 넌 없어?”

재식은 신초롱이나 이하윤이 레볼루션 클랜의 클랜장인 윤태형과 부클랜장이자 최수연의 동생이며 자신의 친구인 최수형과 사귄다고 하자 문득 생각나는 것이 있어 물었다.

그런 재식의 질문에 정미나는 살짝 미간을 찌푸리며 대답했다.

"난 그런 거 관심 없어!"

자신은 연애에 관심이 없다는 듯 말을 하다가 정미나는 재식을 잠시 말없이 쳐다보았다.

그러고는 잠시 후 물었다.

"그러는 오빠는 애인 없어?"

너무도 느닷없는 질문에 재식은 잠시 대답을 하지 못했다.

그러다 조금 씁쓸한 표정이 되어 대답했다.

"훗, 내 처지에 연애는 무슨……."

재식이 조금 냉소적인 표정으로 대답을 하자, 이를 지켜보던 정미나는 순간 흠칫했다.

그의 표정이 너무도 좋지 못했기 때문이었다.

"아니, 오빠가 뭐가 어때서? 대한민국에서 공식적으로 인정한 네 번째 S급 헌터에, 두 번째로 위험 등급 7등급 보스 몬스터 레이드에 성공한 헌터이고, 극비이기는 하지만 무려 아티펙트를 제작할 수 있는 사람인데, 오빠가 뭐가 어때서 그래."

마치 자신의 당혹스런 감정을 숨기려는 듯이 흥분을 하며 재식이 뭐가 어떠냐며 열변을 토하는 정미나였다.

그런 정미나의 열변에 재식은 희미하게 실소를 머금고는

자신도 모르게 정미나의 머리를 쓰다듬었다.

스윽.

"자식! 위로할 필요 없어."

자신의 머리를 아무렇지도 않게 쓰다듬는 재식의 손길에 정미나는 그게 좋기도 했지만 또 한편으로는 자신을 아무 감정 없이 대하는 재식의 행동에 조금은 속상했다.

탁!

"오빠! 어떻게 다 큰 처녀의 머리를 아무렇지 않게 만질 수 있어!"

"뭐?"

"여자에게 머리는 제2의 생명이야! 조심해 줘!"

느닷없이 언성을 높이는 정미나의 태도에 재식은 멍하니 그녀를 쳐다볼 수밖에 없었다.

"어, 미안… 알았다."

정미나의 큰소리에 재식은 얼른 사과를 했다.

덜컹!

"어? 재식이도 있었네."

"어머! 재식이 안녕! 오랜만이다."

휴게실로 들어오던 신초롱과 이하윤은 안에 막내인 정미나 혼자만 있는 줄 알았는데 재식이 함께 있는 것을 보고 미소를 지으며 인사를 했다.

무려 8개월여 만에 재식을 보는 것이라 그녀들은 반갑게 그를 맞아 주었다.

"그래, 오랜만이다."

재식은 마치 어제 보고 또 보는 것처럼 살갑게 자신을 맞아 주는 두 사람을 보고 만면에 미소를 지었다.

"두 사람 연애한다며?"

방금 전에 정미나에게서 들었던 말이 생각나 재식이 물었다.

"어? 그걸 네가 어떻게 알고⋯⋯."

갑자기 재식이 그렇게 물어오자 이하윤은 깜짝 놀랐다.

"그거야 여기 정보원이 있어서 모두 알려 주었지."

재식은 빙그레 미소를 지어 보이면서 살짝 자리를 이동해 자신의 뒤에 가려진 정미나를 그녀들에게 보여 주었다.

"아하! 요것이 같이 소개팅하자고 할 때는 괜찮다면서 퉁기더니⋯⋯."

신초롱은 자신의 연애담이 정미나에 의해 재식에게 알려진 것이 부끄러워 얼굴이 붉어졌고, 이하윤은 그와는 반대로 불같이 화를 내며 정미나에게 달려들었다.

"어, 언니! 그게 아니라 재식 오빠가 언니들 소식을 물어봐서 그냥 알려 준 것뿐이야!"

정미나는 이하윤의 손길을 요리조리 피하며 변명을 했다.

하지만 결국 그 때문에 더욱 화가 난 이하윤에게 붙들려 엉덩이를 두들겨 맞았다.

팡! 팡!

"어디서 막내가 언니들 사생활을 외부에 알리는 거야! 잘했어, 잘못했어?"

팡! 팡!

"아야! 아퍼! 언니, 잘못했어!"

정미나는 엉덩이를 두들겨 대는 이하윤의 품에서 벗어나기 위해 잘못했다며 애원했다.

"그만해! 재식이도 있는데… 너희들, 창피하지도 않아!"

"어?"

평소처럼 장난을 치던 이하윤은 신초롱의 말에 순간 정신을 차렸다.

정미나를 자신의 무릎에 올리고 궁둥이 팡팡을 시전하고 있던 이하윤은 물론이고, 엉겁결에 그런 수치스러운 모습을 재식에게 보여준 정미나 또한 얼굴이 붉어지며 고개를 숙였다.

"하여간 다 커서도 장난질이 줄지를 않아요."

벌써 자신들의 나이도 20대 중반이었다.

그럼에도 이하윤이나 정미나는 아직도 10대들마냥 장난을 쳤다.

"그런데 어쩐 일이야?"

신초롱은 아직도 정신을 차리지 못하고 멍해 있는 정미나와 이하윤을 뒤로하고 재식을 보며 물었다.

"응. 이제 협회의 의뢰도 끝났고, 전해줄 것이 있어서."

재식은 가방에서 작은 상자 다섯 개를 꺼내 놓았다.

탁! 탁! 탁! 탁! 탁!

그는 가방에서 작은 상자를 하나씩 꺼내 휴게실 테이블 위에 올렸다.

"일단 초롱이 너하고 하윤이는 전에 내가 주었던 팔찌 줘 봐!"

재식은 상자를 테이블 위에 올려 두고는 이하윤과 신초롱에게 8개월 전에 선물로 주었던 팔찌를 달라고 했다.

"응, 여기. 그런데 이건 뭐하려고?"

선물로 받았던 것이지만 원래 주인은 재식이었기에 그녀들은 팔에 착용하고 있던 팔찌를 벗어서 그에게 주었다.

솔직히 선물로 받아서 착용을 하고는 있었지만 이것이 아티펙트이고 그중에서도 제법 고가에 팔리고 있다는 것을 알게 된 뒤로는 조금 부담스러웠다.

그러던 차에 재식이 달라고 하니 순순히 벗어 준 것이었다.

"이건 내가 회수하기로 하고, 대신 이걸 줄게."

재식은 두 사람에게서 받은 팔찌를 가방에 챙겨 넣고는 테이블 위에 올려 둔 작은 상자 중에서 두 개를 들어 그녀들에게 하나씩 나눠 주었다.

"응, 이게 뭔데?"

재식이 내미는 상자를 받아 들고는 이하윤이 물었다.

"열어 봐."

재식은 별다른 설명도 없이 그렇게만 이야기했다.

그런 재식의 말에 이하윤과 신초롱은 더 이상 묻지 않고 자신의 손에 들린 작은 상자를 열어 보았다.

"어!"

"어머!"

작은 상자 안에는 조금 전에 자신이 재식에게 돌려준 팔찌와 똑같은 것이 들어 있었다.

그런데 조금 다른 점은, 자신들이 돌려준 팔찌보다 지금 눈앞에 보이는 팔찌가 더 고급스러워 보인다는 것이었다.

전에 착용하던 실드 마법 팔찌는 조금은 투박한 형태로, 팔찌의 폭이 넓고 등 부위에 기하학적인 문양이 있었다.

그런데 상자에 있는 팔찌는 그것보다 좀 더 폭이 얇고 기하학적인 문양이 팔찌 전체를 감싸고 있었으며, 금으로 만들어진 것인지 밝은 노란색 금속으로 되어 있었다.

"설마!"

옆에서 이를 지켜보던 정미나가 눈을 동그랗게 뜨며 말했다.

"응, 맞아. 아티펙트야."

"아!"

재식이 자신의 짐작대로 아티펙트라는 말을 하자 정미나

는 자신도 모르게 짧은 감탄성을 토해 냈다.

그리고 그건 신초롱이나 이하윤도 마찬가지였다.

얼마 전에 그녀들에게도 협회로부터 아티펙트가 전달되었었다.

모두 세 개의 아티펙트가 내려왔는데, 하나는 기존에 재식이 선물한 것과 같은 것이었기에 신초롱과 이하윤은 두 개만 받았었다.

이는 헌터 협회가 재식에게 제작 의뢰했던 아티펙트들로, 제5전대에 내려온 것은 실드 마법 팔찌와 마력 증폭 완드 그리고 민첩을 올려 주는 아티펙트였다.

원래는 힘을 올려 주는 아티펙트도 있었지만 이들은 육체 능력 각성자가 아닌 속성능력 각성자들이어서 힘 아티펙트는 주어지지 않은 것이었다.

정미나는 재식이 기존에 주었던 실드 마법 팔찌를 회수하고 다른 팔찌를 주었다는 것에 무언가 느껴지는 것이 있었다.

이에 조용히 재촉하는 듯한 시선으로 재식을 바라보았다.

그런 정미나의 시선에 재식은 빙그레 미소를 지었다.

정미나는 휴게실 테이블에 상자 다섯 개를 올려 둔 것이 무엇을 의미하는 것인지 알고 있었기에 자신의 것도 있음을 깨닫고는 재식의 설명을 기다렸다.

"너희가 어떤 몬스터와 싸우고 있는 것인지 저번에 보고 알게 됐어."

재식이 갑자기 이상한 말을 하자 정미나를 비롯한 신초롱, 이하윤은 눈을 깜박이며 재식을 주시했다.

그녀들의 의문어린 눈빛을 받으며 재식은 자신의 이야기를 계속했다.

"5등급 몬스터의 공격까지는 충분히 막아 내고 6등급 몬스터의 공격이라도 팔찌가 가진 마력이라면 충분히 막아 낼 수 있을 것이라 생각했는데, 설마 처음 접하는 몬스터가 6등급 보스 몬스터일 것이라고는 예상치 못했었어."

재식은 비록 3클래스 마법이라고는 하지만 실드 마법은 원래가 방어를 위한 마법으로서 5등급 몬스터의 공격은 물론이고, 팔찌가 가진 마력이라면 6등급 몬스터의 공격도 충분히 막아 낼 수 있을 거라 생각했다.

물론 한 번에 실드 마법이 가진 마력 이상의 충격량이 전달되면 팔찌에 담긴 마력이 흐트러지면서 한동안 작동을 하지 못할 수도 있다는 예상은 했었다.

하지만 설마 단 한 번의 공격으로 하나의 팔찌도 아니고 무려 세 개의 실드 마법 팔찌가 모든 마력을 소모한 것은 물론이고, 팔찌의 마법진까지 파괴될 줄은 예상하지 못했었다.

더욱이 어스 드레이크는 정상적인 상태도 아니고 겨우 6등급 몬스터 정도의 마력만 가지고 있는 상태였다.

그럼에도 원래 7등급의 보스 몬스터였다는 것을 확인시켜 주기라도 하듯 세 개의 실드 마법이 인챈트된 마력 팔찌를 소멸시켜 버렸다.

만약에 실드 마법 팔찌들의 기능 소멸 직후에 재식이 바로 5클래스의 배리어 마법을 시전하지 않았다면 최수연과 권인하 그리고 막내 정미나까지도 어스 드레이크의 화염 브레스에 희생되었을 터였다.

이 때문에 재식은 혹시라도 자신이 준 실드 마법 팔찌 때문에 그녀들이 방심을 해서 그런 위기를 겪은 것이 아닌가라는 생각을 하게 되었다.

그래서 헌터 협회의 아티펙트 제작 의뢰를 받아 아티펙트를 제작한 후에 남은 재료를 이용해 다시 다섯 개의 아티펙트를 만들었다.

이번에는 3클래스 실드 마법이 아닌 부모님의 안전을 위해 만들어드린 것처럼 5클래스 배리어 마법이 인챈트된 마법 팔찌였다.

배리어 마법이라면 7등급 보스 몬스터인 어스 드레이크의 화염 브레스라도 충분히 막아 낼 수 있을 것이었다.

다만, 너무도 강력한 공격이기에 팔찌에 담긴 마력이 정상보다는 더 많이 소모되겠지만 그건 어쩔 수 없는 일이었다.

실드 마법과는 다르게 배리어 마법은 유지시간이 길어질

수록 마력을 소모하는 형태이기 때문이었다.

즉, 효율적으로 사용한다면 실드 마법처럼 여러 번 사용할 수도 있고, 어스 드레이크처럼 강력한 몬스터를 상대할 때는 한 번 시전하여 지속적으로 몬스터의 공격을 막고 있을 수도 있는 것이다.

"이 팔찌에는 실드 마법보다 2클래스나 높은 배리어 마법이라고 하는 방어 마법이 새겨져 있어."

"응, 그런데?"

배리어 마법이 뭔지 모르는 정미나로서는 재식의 설명에 멍한 반응을 할 수밖에 없었다.

뭘 알아야 그에 맞는 질문을 할 수 있을 텐데, 마법에 관해서는 아무것도 알지 못했기에 그런 반응을 보일 수밖에 없는 것이었다.

그래서 재식은 배리어 마법이 인챈트된 팔찌의 사용법에 대해 그녀들에게 설명을 해주었다.

원래라면 최수연과 권인하가 모두 있을 때 설명을 하면 한 번에 끝날 일이었지만, 그녀들은 간부회의에 가서 언제 돌아올지 알 수가 없었다.

그리고 재식 또한 이것들을 전달한 후에 가볼 곳이 있었다.

그러니 일단 이들에게 설명을 하고, 두 사람에게는 이들에게 말해 사용법을 알려주라고 할 생각이었다.

그렇게 배리어 마법 팔찌에 대한 사용 설명이 끝난 후, 재식의 설명을 모두 들은 세 사람은 뭔가에 홀린 듯한 눈으로 자신의 손에 들린 팔찌를 하염없이 쳐다보았다.

"이것이라면 7등급 보스 몬스터의 공격도 막아 낼 수 있다는 말이지?"

"응. 그렇지만 이것만 믿고 몬스터 헌팅을 하지는 마. 아티펙트는 어디까지나 보조수단일 뿐이야. 그것만 명심하면 어떤 몬스터를 상대하더라도 위급한 상황을 맞지는 않을 거야."

재식은 아직도 무언가에 홀린 듯한 표정을 하고 있는 세 사람에게 그렇게 이야기했다.

"알았어."

세 사람은 재식의 경고에도 불구하고 멍하니 기계적으로 대답을 했다.

그런 세 사람의 모습에 재식은 더 이야기를 해봐야 그녀들의 귀에는 들어가지 않을 것임을 깨닫고는 마지막으로 당부를 하고 그곳을 떠났다.

"이 두 개는 수연 누나하고 인하 누나 것이니까 대신 전달해줘. 초롱이가 사용 설명도 해주고."

"응, 알았어!"

"그래, 그럼 난 이만 볼일이 있어서 가볼게."

"응!"

재식이 마지막 말을 남기고 떠났음에도 그녀들은 아직도 자신의 손에 들린 팔찌를 쳐다보고 있었다.

그리고 이들이 정신을 차린 것은 그 뒤로 한참이나 시간이 흘러 간부회의에 갔던 최수연과 권인하가 돌아오고 나서였다.

＊　　　＊　　　＊

헌터 협회를 나온 재식은 그 길로 헌터 코리아 옥션으로 향했다.

재식이 헌터 코리아 옥션으로 향한 이유는 다름이 아니라 신초롱과 이하윤에게서 받은 실드 마법 팔찌를 경매에 올리기 위해서였다.

어차피 그녀들에게는 보다 더 좋은 방어형 마법 팔찌를 선물해 주었기에 굳이 이것을 남겨둘 필요가 없기 때문이었다.

끼익!

차로 달린 지 10분 만에 그곳에 도착한 재식은 바로 차에서 내리지 않고 자신의 얼굴에 마법을 걸었다.

"페이스 오프!"

성형 마법인 페이스 오프 마법을 자신의 얼굴에 건 재식은 잠시 거울에 자신의 얼굴을 비춰 보았다.

꽃미남은 아니었지만 그래도 잘생겼다는 소리는 들을 정도는 되었던 재식의 얼굴이, 지금은 좌우 대칭도 맞지 않고, 또 턱과 눈 주위에는 악성 여드름 자국이 있어 누가 봐도 추남이라고 할 만한 그런 얼굴이 되어 있었다.

"이 정도면 누구도 알아보지 못하겠지?"

자신의 변한 모습을 보고 정체가 드러나지는 않을 것이라 판단한 재식은 바로 차에서 내려 엘리베이터를 탔다.

변신 전까지만 해도 명품을 걸친 잘생긴 미남으로 보이던 재식의 모습은 온데간데없고, 지금은 졸부가 돈으로 온몸에 명품을 칭칭 감은 모습처럼 보였다.

그렇다 보니 아무리 뜯어봐도 그게 재식이라는 것을 부모라도 못 알아 볼 정도였다.

띵!

자신이 원하는 층에 도착을 하자 재식은 바로 엘리베이터에서 내렸다.

"어떻게 오셨습니까?"

재식이 엘리베이터에서 내리자 그 앞에 있던 안내 데스크에서 단정한 정장을 입은 여성이 방긋 웃으며 물었다.

"경매에 올리고 싶은 물건이 있어 왔습니다."

이미 몇 번이나 이곳 헌터 코리아 옥션에 와서 아티펙트를 경매에 올렸었기에 재식은 직원의 물음에 자신이 원하는 것을 바로 대답했다.

"아, 그러시군요. 3번 창구로 가시면 감정사님이 계실 것입니다."

안내 데스크의 직원은 친절하게 재식이 가야할 곳을 알려 주었다.

"알겠습니다."

재식은 살짝 고개를 숙여 감사를 표하고는 직원이 알려 준 곳으로 향했다.

그런데 재식이 떠나고 난 뒤 데스크에는 작은 소란이 일어났다.

"우욱!"

탁! 탁! 탁!

방금 전까지 환한 미소로 재식을 맞았던 직원은 재식이 자리를 떠나자마자 헛구역질을 하기 시작했다.

그러자 함께 있던 다른 직원이 그녀의 등을 토닥여 주었다.

"괜찮니? 와, 씨! 태어나서 저렇게 막 생긴 사람은 처음 본다."

등을 두드려 주던 여자는 동료의 그런 모습이 이해가 된다는 듯이 말을 하며 위로를 했다.

"후우! 후우! 고마워. 이제 좀 진정이 된 것 같아."

헛구역질을 하던 여자는 재식이 사라진 곳을 잠시 쳐다보다가 크게 심호흡을 했다.

"후아! 진짜 입고 있는 옷이 아깝다는 생각이 드는 사람은 정말이지 처음이야."

"맞아. 우욱! 생각하니 나도 구역질이 올라온다."

"그러게 말이야."

데스크의 직원들이 자신의 변한 얼굴에 대해 떠들고 있는 것을 들었지만 재식은 짐짓 모르는 척 3번 창구로 계속 걸어갔다.

'알아보지 못하게 해야 한다는 생각에 너무 변신을 했나 보네……'

목적지로 걸어가면서 재식은 자신의 실수를 깨달았다.

정체를 숨겨야 한다는 생각에 너무 못생긴 쪽으로만 변화를 주다 보니 오히려 데스크의 여직원들에게 강렬한 인상을 주고 말았다.

사실 정체를 숨기기 위해서는 너무 극단적이면 안 되는 것인데, 그만 실수를 한 것이었다.

차라리 아주 평범하게 변신해서 인상이 흐릿해야 나중에라도 사람의 인식에서 금방 잊혀 추적을 따돌릴 수 있을 텐데 말이다.

그런 기본을 놓치는 실수를 한 것을 깨달은 재식은 다음에는 이런 실수를 하지 않겠다는 반성을 하고는 3번 창구로 들어갔다.

똑! 똑!

덜컹!

재식은 작게 노크를 하고는 몇 초 기다렸다가 창구의 문을 열고 안으로 들어갔다.

사실 문이 있기는 했지만 반 오픈 형태의 문이라 가까이 가면 창구의 내부가 훤히 들여다보이는 구조였다.

이곳의 구조가 이런 것은 공간이 분리되어 안정감을 주면서도 혹시나 이곳에서 불법적인 일이 일어나지는 않나 라는 의심을 사지 않기 위해서였다.

창구 안으로 들어가자 머리를 틀어 올림머리를 하고 귀에는 가는 체인 귀걸이를 한 아름다운 미녀가 자리에 앉아서 재식을 맞이했다.

"어떻게 오셨습니까?"

진홍의 립스틱을 옅게 바른 입술 사이에서 아주 매혹적인 목소리가 흘러나와 재식을 맞이해 주었다.

'혹시…….'

정말이지 얼굴뿐만 아니라 목소리도 무척이나 듣기 좋았다.

웬만한 정신력의 소유자가 아니라면 그 목소리에 현혹이 될 수도 있을 정도로 아주 매혹적인 목소리였다.

'매혹과 관련된 아티펙트라도 가지고 있나?'

자신을 맞이하는 감정사의 목소리에서 자신을 유혹하는 듯한 느낌을 받은 재식은 그녀가 사람을 매혹시키는 마법과

관련된 아티펙트를 가지고 있는 것은 아닌지 의심을 했다.

"제가 가진 아티펙트를 경매에 올리고 싶은데요."

재식은 정신이 흐려지는 듯한 기운을 떨쳐내고 자리에 앉아 자신이 이곳에 온 목적을 말했다.

한편, 3번 창구에서 물건을 감정하던 현정은 재식의 말을 듣고는 속으로 깜짝 놀랐다.

그도 그럴 것이, 보통은 자신이 상대방에게 말을 걸면 자신의 목소리에 현혹되어 눈이 살짝 풀려서는 다시 자신이 말을 걸 때까지 정신을 차리지 못했기 때문이었다.

하지만 지금 눈앞에 앉은 남자는 그러지 않았다.

"어떤 것이죠?"

자존심이 조금 상했지만 현정은 애써 그런 모습을 감추며 물었다.

탁! 탁!

현정이 물어보기가 무섭게 재식은 테이블 위에 이하윤과 신초롱에게서 받아온 실드 마법 팔찌를 올려놓았다.

"으음, 아티펙트로군요."

재식이 테이블 위에 올려 둔 팔찌를 내려다보던 현정은 그것이 단순히 보석으로 장식된 팔찌가 아니라 아티펙트임을 알아보았다.

테이블에 놓인 팔찌를 이리저리 살펴본 현정은 고개를 살짝 갸웃거렸다.

지금까지 그녀는 이곳 헌터 코리아 옥션에서 감정사로 있으면서 많은 물건을 감정했었다.

그런데 그 많은 아티펙트를 감정하면서도 이런 형태의 아티펙트는 본 기억이 없었다.

"처음 보는 형태의 마법이군요."

감정사인 현정은 팔찌에 새겨진 문양이 마법진임을 금방 알아볼 수 있었다.

하지만 마법진에 그려진 문양이 그녀가 알고 있는 것과 조금 달랐기에, 이 팔찌가 방어형 마법이 들어간 아티펙트라는 것은 알 수 있었지만 정확하게 어떤 것인지는 알 수가 없었다.

이에 재식이 팔찌에 대해 설명을 했다.

"이 팔찌는 실드 마법을 쓸 수 있는 아티펙트입니다."

"실드 마법이요? 그런데 실드 마법이라고 하기에는 형태가 좀 다른데요."

재식의 이야기를 들은 현정은 자신이 알고 있는 실드 마법에 관한 문양과 팔찌에 있는 문양이 비슷하기는 하지만 전체적으로 다른 모양을 하고 있어 의문을 표했다.

"그럴 수밖에요."

"네? 그게 무슨……."

"이 팔찌는 단순하게 실드 마법을 몇 번 사용하면 장식품이 되는 여타 아티펙트와는 다르게 사용 횟수가 끝나면 자동으로 에너지를 충전하여 다시 마법을 사용할 수 있는, 망가지지 않는 이상 영구적으로 사용할 수 있는 그런 아티펙트입니다."

"뭐라고요?"

현정은 재식의 설명이 끝나기가 무섭게 고함을 지르듯 큰소리로 말을 하고는 자리에서 벌떡 일어서고 말았다.

팔찌에 마법의 사용 횟수가 끝난 후 자동으로 에너지를 충전하는 기능이 있다는 이야기에 경악을 금치 못했기 때문이었다.

지금까지 10년이나 아티펙트를 감정해 오고 있었지만 현정은 단 한 번도 이와 같은 상급의 아티펙트를 감정한 적이 없었다.

그녀가 감정했던 아티펙트들은 모두 횟수 제한이 있는 것들뿐이었다.

그렇지만 현정도 아티펙트 중에 자동 복구되거나 자동으로 마법사용 횟수가 회복되는 것이 있다는 소문 정도는 듣고 있었다.

그런데 그런 아티펙트를 직접 눈으로 보게 되자 놀라지 않을 수가 없었다.

"그게 정말인가요?"

마치 확인이라도 받을 요량인지 현정은 팔찌의 문양에서 시선도 떼지 않고 물었다.

그런 현정의 모습에 재식은 담담히 대답했다.

"물론입니다."

팔찌에 정신이 팔려 있는 현정의 모습을 지켜보며 재식은 팔찌에 대한 설명을 이어갔다.

"직경 2m 크기의 원형 막이 팔찌를 기준으로 1m 전방에 생성되고, 팔찌의 에너지가 최대일 때 사용할 수 있는 횟수는 총 5회입니다."

"그 말은 다섯 번 사용하면 에너지가 충전될 때까지 사용할 수 없다는 거죠?"

"네, 맞습니다."

"흐음. 그런데 충전되는 속도는 어떻습니까? 오래 걸리나요?"

현정은 사용 횟수가 5회라는 말에 살짝 미간을 찌푸렸다.

그건 사용 횟수가 너무 애매했기 때문이었다.

방어형 아티펙트로서 5회면 나쁘지는 않은 것이었지만, 요즘 들어 옥션에는 방어형 아티펙트로서 사용 횟수가 더 많은 것들이 나와 거래되고 있었다.

물론 그러한 것들 중에 대부분은 재식이 모습을 바꾸어 경매에 올린 것들이었다.

재식이 헌터 협회에서 제작 의뢰 받은 아티펙트를 만들다가 불량품이 된 것을 개량하여 경매에 올린 것들의 사용 횟수는 7회~9회 정도 되는 것들이었다. 그랬기에 현재 대한민국에서 방어형 아티펙트들의 가격은 상당히 내려간 상태였다.

그런 상황에서 비록 자동 충전이 된다고는 하지만 자체 에너지가 맥스일 때 다섯 번까지만 사용이 가능한 방어형 아티펙트라고 하니 고민이 된 것이었다.

감정사로서 그녀는 이것을 어떤 등급으로 분류해야 할지 순간 갈피를 잡기 힘들었다.

자동 충전 기능이 있으니 당연히 상급 이상의 고급 아티펙트로 분류를 해야 하지만, 또 그러기에는 사용 횟수가 아쉬웠다.

다닥! 다닥!

현정은 당황한 것인지 자신도 모르게 긴장하거나 당황했을 때의 버릇이 나왔다.

긴장을 풀기 위해 테이블을 손가락으로 두드린 것인데, 사실 손님이 있을 때 이러한 행위를 하는 것은 손님에 대한 결례였다.

하지만 한 번도 본 적이 없는 물건에 대한 감정을 하려니 절로 긴장이 될 수밖에 없었다.

그 때문에 지금까지 이런 실수를 한 적이 없던 현정은 오늘따라 자신도 모르게 실수를 연발 하고 있었다.

'앗! 이런……'

그녀는 순간 자신이 어떤 실수를 했는지 깨달았다.

"죄송합니다. 너무도 훌륭한 물건을 보게 돼서 오늘따라 제가 긴장을 했나 봅니다."

현정은 바로 자리에서 일어나 허리를 굽히며 자신의 실수에 대해 재식에게 사과를 했다.

"괜찮습니다. 그런데 오늘 중으로 거래는 가능할까요?"

재식은 현정의 사과에 손사래를 치면서 오늘 중으로 실드 마법 팔찌를 경매에 올릴 수 있는지 물었다.

"으음… 그건 제가 관여할 수 있는 영역이 아닌지라 확실히 말씀드릴 수는 없지만, 제가 실수한 것도 있으니 지배인님께 말씀을 드려보겠습니다."

현정은 감정사인 자신의 신분을 벗어난 재식의 질문에 양해를 구했다.

"그래주시면 저야 감사하죠."

"예, 그럼 잠시 실례하겠습니다."

현정은 자리에서 일어나 창구 밖으로 나갔다.

그리고 10여 분이 지난 뒤에 누군가와 함께 창구로 돌아왔다.

"처음 뵙겠습니다. 전 이곳 헌터 코리아 옥션의 책임자를 맡고 있는 리처드 막스라고 합니다."

그는 검정색 정장을 입은 키가 큰 백인이었는데, 그의 입에서는 너무도 완벽한 한국어가 흘러나왔다.

"아, 네. 주성운이라고 합니다."

재식은 이곳 헌터 코리아 옥션의 책임자라고 자신을 소개한 리처드 막스의 말에 임시로 가명을 사용해 인사했다.

"아, 주성운 님이시군요. 하시는 일이……."

"헌터입니다."

"아!"

헌터라는 재식의 말에 리처드는 짧은 감탄성을 흘렸다.

"그런데 감정한 아티펙트를 오늘 경매에 올리고 싶으시다구요?"

"네, 그렇습니다."

"듣기로는 자동 충전형 아티펙트라는데, 그 정도면 사용 횟수가 조금 아쉽기는 해도 주인만 잘 만나면 상당한 가격을 받으실 수 있을 겁니다. 그런데, 이리 급하게 올리시는 데는 무슨 이유라도 있으신지……?"

리처드는 오랜만에 자신이 맡고 있는 옥션에 상급의 아티펙트가 들어오자 답답한 마음에 재식에게 사정을 물어본 것이었다.

원칙대로라면 아무리 그가 이곳 옥션의 최고 책임자라 해도 이것은 무례한 질문이었다.

하지만 헌터 코리아 옥션의 책임자인 리처드로서는 무례란 것을 알면서도 질문을 하지 않을 수가 없었다.

그가 이곳의 최고책임자이기는 하지만 이곳 헌터 코리아 옥션의 주인은 따로 있었다.

그는 전 세계 아티펙트 경매의 70%를 장악하고 있는 헌터 옥션의 한국 지부 지부장일 뿐이었다.

그리고 리처드와 같은 일을 하는 사람이 무려 여섯 명이나 더 있었다.

미국에 두 명, 프랑스, 러시아, 중국 그리고 사우디에 각각 한 명씩. 리처드의 경쟁자는 여섯 명이나 되었다.

모두 헌터 옥션 산하의 지부장들로, 현재는 이들 중에 그가 가장 적은 실적을 올리고 있는 중이었다.

그런데 느닷없이 충전형 아티펙트가 자신이 담당하는 옥션에 나왔으니 당연히 흥분을 하지 않을 수가 없었다.

충전형이나 자가 수복형 아티펙트는 아티펙트 중에서도 상당히 고가의 아티펙트였다.

비록 실드 마법을 쓸 수 있는 아티펙트라고는 하지만 사용 횟수가 끝나면 장식품에 지나지 않게 되는 여느 아티펙트와는 다르게, 이런 것들은 놔두기만 해도 자동으로 충전이 되어 재사용이 가능해졌다.

헌터들에게 있어 이 얼마나 꿈같은 물건인가. 실제로 이런 물건은 옥션에서 찾아보기가 힘든 물건이었다.

보통은 이런 자동 충전형에다가 방어형 아티펙트의 경우에는 발견되는 족족 권력자들의 손으로 직행했다.

다만, 아주 가끔 은밀하게 빼돌려져 나오는 경우가 있어서 이런 형태의 아티펙트가 있다는 것이 알려졌을 뿐이었다.

그런데 지금 자신의 눈앞에 그런 최상급의 물건이 있었다.

그러니 리처드로서는 어떻게 해서든 최고가를 경신해 이번 기회에 자신의 지부에서 최고 수익을 내고 싶었다.

총수익 면에서야 시장 규모가 큰 다른 지부를 이곳 한국 지부가 따라갈 수는 없었지만, 그래도 최고가 경신은 할 수 있었다.

그러니 재식에게 말해 경매 일자를 최대한 늦추려고 하는 것이었다.

그래야 세계적인 큰손들을 한국으로 불러모을 수 있기 때문이었다.

그런데 재식은 무슨 이유에서인지 오늘 열리는 경매에 팔찌를 올리려 하고 있었다.

"그건 아닙니다. 다만……."

"다만?"

"제가 구하고자 하는 것이 있는데, 그것을 구하기 위해서는 좀 많은 돈이 필요해서 그렇습니다."

재식은 실드 마법 팔찌를 급히 처분하려는 이유에 대해 대략적으로 설명을 했다.

"그렇습니까? 그런 것이라면 저희가 도움을 드릴 수도 있을 것 같은데……."

"도움이요? 어떻게요?"

자신의 대답에 리처드가 도움을 줄 수 있다는 말을 하자 재식이 관심을 보이며 물었다.

"필요한 물건이 무엇인지는 모르겠지만, 이 팔찌를 담보로 대출을 해드리겠습니다."

리처드는 재식이 전혀 생각지도 못한 방법을 제시했다.

"경매장에서 대출을 해주겠다는 말씀입니까?"

도저히 믿을 수 없는 말에 재식은 고개를 갸웃거리며 물었다.

"네, 그렇습니다. 정말이지 이런 팔찌를 그렇게 급히 경매에 올리는 것은 너무도 아까운 일입니다."

"하아……."

재식은 짧게 한숨을 내쉬었다.

그러면서 머릿속으로 궁리를 하기 시작했다.

어떤 것이 자신에게 유리한 것인지 판단을 하기 위해서였다.

얼마 후 재식은 자신이야 당장에 돈이 급한 것은 아니니 리처드의 제안을 받아들이기로 했다.

"좋습니다. 그리고 제가 구하려는 것은 기가스의 심장입니다."

재식은 얼마 전 그리스에서 잡힌 5등급 몬스터인 기가스의 심장을 구한다는 말을 했다.

"기가스의 심장이라……."

리처드는 재식의 말을 듣고 고민을 하기 시작했다.

기가스의 심장이라면, 인간형 몬스터 중에 키가 5m에 이르는 거인의 심장을 말한다.

그 거인의 심장을 무엇에 쓰려는지 알 수는 없지만, 일단 기가스의 심장은 기가스가 5등급 몬스터 치고는 엘리트 몬스터에 속하는지라 가격이 만만치 않았다.

그 때문에 이 실드 마법 팔찌의 예상 경매 가격과 기가스의 심장의 가격을 비교하지 않을 수가 없었다.

솔직히 경매란 것은 반드시 큰 금액으로 낙찰 되는 것만은 아니었다.

때로는 같은 물건이라도 비싸게 팔리는 경우가 있고, 또 때로는 예상보다 훨씬 낮은 금액에 거래가 되기도 한다.

그러니 판단을 잘해야만 했다.

다른 경쟁자들에게 한방 날려주기 위해 물건을 붙잡아두기는 했지만, 회사에 손해를 끼쳤다가는 죽도 밥도 되지 않을 수가 있기 때문이었다.

"기가스의 심장이라면 현재 프랑스에서 경매가 열리고 있습니다."

결심이 선 것인지 리처드는 입을 열었다.

"그걸 저희가 구해다드리겠습니다. 다만, 이 실드 마법 팔찌가 팔린 뒤에 그 차액을 말씀드리겠습니다."

리처드의 말에 재식도 만족한 것인지 바로 수긍을 했다.

"좋습니다. 그럼 부탁드리겠습니다."

척!

두 사람은 서로 악수를 함으로써 거래가 성립되었음을 확인했다.

6. 레피드 타이거

휘이잉!

찬바람이 매섭게 불어오는 12월의 어느 날, 많은 사람들이 헌터 코리아 옥션을 찾았다.

그중에는 중국의 부호도 있었고, 또 아랍의 왕자와 왕세자도 있었다.

헌터 코리아 옥션을 찾은 이들로는 이들 부호와 왕자, 왕세자 말고도 유명 헌터 길드의 길드장과 간부들의 모습도 보였다.

돈 많은 부호와 권력을 가진 이들 뿐만 아니라, 원초적인 힘을 가진 거대 헌터 길드의 헌터들도 헌터 코리아 옥션에 올라온 아티펙트를 구하고자 한국을 찾아 온 것이었다.

이들이 사고자 하는 아티펙트는 무려 자가 충전형 아티펙트로서, 그중에서도 실드 마법을 연속으로 5회나 사용할 수 있는 방어형 아티펙트였다.

지금까지 경매로 나온, 아니, 던전에서 발견된 아티펙트 중에서도 수위에 들어가는 아티펙트인지라 이를 구하기 위해 세계 각지에서 돈 많은 사람들이 몰려든 것이었다.

자신의 신변을 지키기 위해서든 혹은 자신의 부를 과시하기 위해서든, 온갖 이유를 들어 헌터 코리아 옥션에 등재된 물건을 차지하기 위해 몰려든 사람들을 내려다보며, 헌터 코리아 옥션의 최고 책임자인 리처드 막스는 기분이 무척이나 좋았다.

다만, 조금 아쉬운 것은 경매 홍보 기간이 짧아 더 많은 사람들을 부르지 못했다는 점이었다.

만약 홍보 기간이 일주일만 더 주어졌더라면 이보다 몇 배는 더 엄청난 규모로 경매를 치렀을 텐데, 경매 물품의 주인은 이를 허락하지 않았다.

"조금만 더 시간이 주어졌더라면…… 아니야! 이 정도만 해도 충분히 최고가를 경신할 수 있을 거야!"

리처드는 창문을 통해 건물 입구로 고급 승용차들이 들어오는 모습을 내려다보며 작게 중얼거렸다.

                    *   *   *

웅성! 웅성!

마치 거대한 극장을 연상시키는 커다란 실내의 좌석에 앉은 수백 명의 사람들은 주변 사람들과 이야기를 나누고 있었다.

이들은 모두 헌터 코리아 옥션에서 주최하는 경매에 참석한 것이었는데, 오늘 나올 물품에 대해 조금이라도 더 알기 위해 정보를 교환하고 있었다.

하지만 경매에 참석한 사람은 어쨌거나 모두 경쟁자들이었기 때문에 제대로 된 이야기는 나오지 않았다.

"이번에 한국에서 아티펙트가 상당히 많이 풀렸다고 하는데, 아는 거라도 있으십니까?"

터번을 둘러쓴 아랍계 중년 남성이 자신과 비슷한 복장을 하고 있는 한 남성에게 물었다.

"저도 그런 정보를 듣기는 했지만 우리나라와 이곳과는 거리가 너무 멀어서……."

질문을 한 남자나 대답을 한 사내 모두 중동에 있는 국가에서 온 사람들이라 한국에 대한 정보를 제대로 알고 있는 이가 없었다.

그리고 그건 그 주변에 있던 외국인들도 대부분이 비슷했다.

대격변 이전에야 한국이 반도체나 가전제품, 스마트폰 등의 몇몇 첨단 산업과 K—2 전차나 K—9 자주포 등 방산 산업이 발전해 자국의 경제발전과 국방을 지키기 위해 교류를 하기도 했지만, 대격변 이후로는 산업이 파괴되고 첨단 무기는 몬스터에게 효과적인 무기가 아님이 밝혀지면서 교류는 단절된 것이나 마찬가지였다.

그러다 보니 지금에 와서는 특별한 물건이 나오지 않는 이상 한국을 찾을 일이 없었다.

그러다 자가 충전형 아티펙트가 나왔다는 소식을 듣고 오랜만에 한국을 찾은 것이었다.

아니, 정확하게는 한국에 자리 잡고 있는 아티펙트 경매 업체를 찾은 것이었다.

삐이!

[잠시 뒤 저녁 9시부터 경매를 시작하겠습니다. 경매에 참여하시는 분과 수행원 한 명을 제외한 모든 분들은 경매가 진행되는 행사장 밖 대기실로 나가주시기 바랍니다. 다시 한 번…….]

경매장 단상 한쪽에 위치한 진행자가 마이크에 대고 조금 뒤에 경매가 진행될 것이라는 안내방송을 했다.

그리고 그 말은 각국의 언어로 통역되어 경매에 참여하기 위해 온 사람들에게 알려졌다.

덜그럭!

안내방송이 나가기가 무섭게 사람들의 대이동이 시작되었다.

경매에 참가하기 위해 온 사람들은 수행원 한 명과 함께 자신에게 배정된 좌석에 앉았고, 함께 온 나머지 수행원들은 경매장 밖으로 나갔다.

철컹! 철컹!

잠시 시간이 흐르고 모든 사람들이 자리에 앉자 경매장 출입구가 봉쇄되었다.

혹시 모를 침입자에 대비해 복도와 경매장 출입구 앞뒤에는 헌터 코리아 옥션 소속의 경호원들이 배치되어 경비를 섰다.

이들은 단순한 경비가 아니라 전원이 헌터 코리아 옥션에 소속된 헌터들이었다.

헌터 코리아 옥션은 아티펙트를 전문으로 경매하는 업체이다 보니 헌터 길드나 헌터들이 의뢰하는 아티펙트를 경매하기도 했지만, 자체적으로도 헌터들을 운용하여 아티펙트를 모으기도 했다.

그리고 경매가 있는 날에는 던전에 들어가지 않고 이렇게 경매장 안과 밖은 물론이고, 헌터 코리아 옥션이 입주한 건물 전체를 경계하는 역할도 수행했다.

그 때문에 빌런들도 함부로 헌터 코리아 옥션의 경매 행사에 난입하지 못했다.

뚜! 뚜! 뚜! 뚜! 띠!

경매가 시작될 저녁 9시가 가까워지자 전면 상단에 있는 전광판에 카운터가 표시되었다.

그리고 정각 9시가 되자 카운터는 사라지고, 진행자가 마이크를 잡고는 단상 앞에 서서 경매를 진행하기 시작했다.

"신사 숙녀 여러분! 오늘 저희 헌터 코리아 옥션을 찾아 주신 것에 대단히 감사의……."

진행자는 능숙한 솜씨로 오늘 자리를 찾아준 참석자들에게 감사 인사를 전한 후 경매진행에 대한 간략한 설명을 했다.

그는 헌터 코리아 옥션이 준비한 아티펙트들에 대한 설명과 경매 방법 그리고 낙찰된 아티펙트에 대한 수령 방법까지 꼼꼼히 설명을 했다. 하지만 경매 참가자들은 그런 설명에 별다른 관심을 보이지 않았다.

그도 그럴 것이, 한두 번 이런 행사에 참석한 것이 아니었기에 경매 초반에 어떤 이야기가 나올지 잘 알고 있었기 때문이었다.

"저희 헌터 코리아 옥션에서 가장 먼저 선보일 물건은 바로 롱 소드입니다."

진행자의 말이 끝나기 무섭게 검은 정장을 입은 젊은 남성이 붉은 벨벳으로 감춰진 카트를 밀고 나타나 단상 가운데 가져다 두었다.

그러자 진행자가 자신의 자리에서 벗어나 단상 가운데 놓인 카트로 다가가 그 위를 덮고 있던 벨벳을 벗겼다.

휘익!

덮고 있던 벨벳이 벗겨지자 영롱한 빛을 발하는, 전체 길이가 1m 정도 되는 검 한 자루가 모습을 드러냈다.

"단상에 있는 검이 잘 보이지 않는 분은 옆 자리에 놓인 카탈로그를 봐주시기 바랍니다."

경매 진행을 맡은 진행자는 카트에 놓인 롱 소드를 한 손으로 들어 보이며 그것에 대한 설명을 하기 시작했다.

롱 소드는 무게가 1.5kg~2kg 정도라서 여성이 한 손으로 들기에는 무리가 있는 무기였다.

더욱이 2kg 이하라고는 하지만 운동기구로 쓰이는 아령과는 다르게 길쭉한 형태인지라 무게 중심도 손잡이 부분에 있지 않아 다루기가 힘들었다.

그럼에도 불구하고 진행을 맡은 여성은 너무나도 쉽게 한 손으로 검을 든 채 또 다른 손에는 마이크를 들고 시범을 보였다.

"이 롱 소드는 보다시피 여성인 저도 한 손으로 휘두를 수 있을 정도로 사용자의 힘을 30% 정도 높여주는 효과가 있는 아티펙트입니다."

헌터 코리아 옥션에서 가장 먼저 경매로 내놓은 물건인

롱 소드는 단순한 검이 아니라 사용자의 힘을 30% 늘려주는 아티펙트였다.

그러자 경매에 참가한 몇몇 사람들이 이에 관심을 보이기 시작했다.

원래는 다른 것을 구매하기 위해 이곳에 왔지만 힘을 30%나 높여주는 무기라면 충분히 괜찮은 아티펙트였다.

이것에 관심을 보이는 이들은 주로 본업이 헌터이거나 헌터 길드에서 나온 사람들이었다.

"그럼 힘을 높여주는 이 롱 소드에 대한 경매를 본격적으로 시작해 보겠습니다. 경매 시작가는 10만 달러로 하겠습니다. 호가는 1만 달러씩입니다."

진행자의 말이 끝나기 무섭게 딜러가 나와 경매를 시작했다.

그리고 경매가 시작되자마자 롱 소드의 가격이 빠르게 올라가기 시작했다.

11만, 12만, 13만⋯⋯.

가격은 한참이나 가파르게 올라가 23만 달러까지 올라가더니, 그 뒤로는 호가를 외치는 속도가 느려지기 시작했다.

이제 겨우 첫 번째 경매 물품이고, 또 사용자의 힘을 30%나 올려 주기는 하지만 검은 검일뿐이었다.

검을 주 무기로 하는 이들은 많지 않았다.

검을 쓰는 헌터는 육체 계열 각성자들 뿐인데, 이런 헌터 중에 대부분은 유전자 변형을 이용한 시술 헌터들이었다.

그리고 그들은 무기를 들고 싸우지 않았다.

그렇다면 경매에 나온 롱 소드를 사용할 이는 유전자 변형 시술을 받지 않은 헌터이거나 아니면 각성을 한 각성 헌터 중에 속성이 아닌 육체 능력을 각성한 헌터가 될 수밖에 없었다.

그런데 그러한 육체 능력 각성 헌터는 속성 각성 헌터에 비해 소수일뿐더러 대우도 다른 헌터에 비해 좋지 못했다.

그리고 육체 능력 각성 헌터에 비해 시술 헌터가 육체 능력이나 몬스터 헌팅에 더욱 뛰어났다.

그러니 그런 헌터에게 저 롱 소드는 참으로 꿈에 그리던 무기이기는 했지만 23만 달러 이상을 부르기에는 너무도 부담스러웠다.

그래서 경매에 참여했던 사람들도 호가가 20만 달러를 넘어가면서부터 참여하는 사람이 줄어든 것이었다.

"24만, 24만 더 없으십니까?"

딜러는 조심스럽게 주변을 살펴보며 물었다.

"다시 한 번 묻겠습니다. 24만 더 없으십니까?"

장내에는 개미 지나가는 소리조차 들릴 정도로 침묵이 흘렀다.

탕! 탕! 탕!

"첫 번째 경매 물품인 1번 롱 소드는 24만에 낙찰되었습니다."

딜러는 첫 번째 물건이 낙찰되었음을 알리고 수령 방법에 대해 빠르게 이야기를 한 후 다음 경매로 넘어갔다.

그렇게 두 번째, 세 번째 경매가 진행되고, 이후로도 경매는 정상적으로 흘러갔다.

필요한 사람이 자신이 원하던 물건을 가져가는 경우도 있었고, 때로는 경쟁에 밀려 다른 사람이 가져가는 것을 지켜볼 수밖에 없는 경우도 있었다.

그럴 때면 자신이 원하던 물건을 놓친 이들은 얼굴이 붉게 상기될 정도로 흥분을 하기도 했다.

"자, 이번에는 아주 특별한 물건입니다."

딜러는 사람들의 감정을 고조시키기 위해 일부러 목소리에 긴장감을 잔뜩 집어넣고 사람들의 관심을 집중시켰다.

"원래는 프랑스의 옥션에서 거래가 진행될 예정이었으나, 이곳 한국에 특별한 분들을 많이 모신 관계로 이곳으로 공수해와 경매를 진행하게 되었습니다."

딜러는 좀처럼 찾아보기 힘든 경매 방식에 대해 이야기를 하면서 이번 경매 물품에 대한 관심도를 높였다.

"3개월 전, 그리스 아테네에 나타난 5등급 엘리트 몬스터 기가스를 레이드하고 나온 부산물입니다."

웅성! 웅성!

딜러의 말이 떨어지기가 무섭게 사람들은 웅성거리기 시

작했다.

그리스 아테네에 나타났던 엘리트 몬스터 기가스라는 말에 사람들은 이미 이번에 나올 물건이 무엇인지를 깨달았다.

그것은 카트 위에서 흑진주를 연상시키는 검은 빛깔을 띤, 성인 주먹 두 개를 합쳐놓은 크기만 한 심장이었다.

인간의 심장과 비슷하게 생겼지만, 크기나 색깔은 그것이 결코 인간의 것이 아님을 보여주고 있었다.

'나왔다.'

경매장 한편에 앉아 있던 재식은 자신이 구하고자 했던 기가스의 심장이 경매에 나오자 눈을 반짝였다.

자가 충전형 실드 마법 팔찌 두 개를 경매에 내놓으면서까지 구하려고 했던 기가스의 심장이 바로 눈앞에 나타난 것이었다.

'후우! 후우!'

재식은 다른 사람들이 듣지 못하게 심호흡을 하고는 어금니를 깨물며 다짐했다.

'저건 내꺼야!'

재식이 기가스의 심장을 구하려는 데에는 다 이유가 있었다.

8개월 전에 재식은 양평에서 위험 등급 7등급 보스 몬스터인 어스 드레이크를 사냥하는 데 성공했다.

많은 고위급 헌터들과 함께 잡는 데 성공은 했지만, 그 과정에서 재식은 죽을 뻔한 부상을 당했다.

다행이도 불법 시술을 받은 몬스터의 유전자로 인해 재식은 위기를 넘겼고, 게다가 전화위복으로 어스 드레이크의 유전자까지 가질 수 있었다.

어스 드레이크의 유전자로 인해 재식은 이전보다 더욱 강력한 능력을 몸에 지니게 되었다.

하지만 호사다마라고, 어스 드레이크의 유전자는 재식에게 무조건적으로 좋은 방향으로만 유전자의 진화를 이뤄주지는 않았다.

어스 드레이크가 왜 위험 등급 7등급 보스 몬스터인지를 알려주기라도 하듯, 어스 드레이크의 유전자는 재식을 진화시키기는 했지만 그로 인해 몸에 필요한 에너지 또한 이전보다 기하급수적으로 늘어나게 되었다.

그런데 재식이 몸에 가지고 있던 마력은 새롭게 진화한 재식의 육체가 원하는 정도의 에너지로는 턱없이 부족했다.

만약 뼈 속에 저장해 놓은 5클래스 흑마력이 없었다면, 재식은 아마 새롭게 흡수한 어스 드레이크의 유전자로 인해 진화한 육체에 마력을 공급하지 못해서 마치 가뭄에 물을 대지 못한 논바닥마냥 메말라 자멸하고 말았을 터였다.

하지만 재식은 심장에 있던 마력 말고도 마법을 사용하기 위해 저장해 놓은 여분의 마력(5클래스의 흑마력)이 있어서 그러한 위기를 넘길 수 있었다.

그렇지만 그것은 겨우 저수지의 물을 가져다 대서 논을 적신 정도에 지나지 않았다.

그러다 보니 하루라도 빨리 진화한 육체에 어울리는 마력을 보유해야만 했다.

재식의 몸은 겉으로 보기에는 멀쩡해 보였지만 시한폭탄을 안고 있는 것이나 마찬가지였다.

그래서 생각해낸 것이 바로 심장을 교체하는 것이었다.

이게 일반적인 경우라면 말도 되지 않는 일일 수도 있겠지만, 재식의 경우에는 달랐다.

재식은 이미 한차례 심장을 개조하지 않았던가. 비록 본인의 의지와는 상관없이 몬스터에게 붙잡혀 강제로 진행된 것이지만 말이다.

그리고 심장을 보다 강력하게 개조하면서 진화한 육체를 정상적으로 활용할 수 있는 방법을 알아낼 수 있었다. 하지만 이내 또 다른 장벽에 부딪혔다.

그것은 바로 인간의 심장으로는 개조를 하는 데 한계가 있다는 것이었다.

우선적으로 육체는 위험 등급 6등급 보스 몬스터에 근접한 신체로 진화하기는 했지만, 겨우 4등급 몬스터인 오크 전사의 마정석으로 개조된 심장으로는 마치 F1머신에 트럭 엔진을 넣은 것과 마찬가지였다.

그렇기에 최소 5등급 몬스터의 심장 정도는 되어야 개조를 해도 진화한 육체에 맞는 심장이 될 터였다.

그렇다고 5등급 몬스터의 심장 중에 아무것으로나 개조를 한다고 해서 모두 다 맞는 것은 아니었다.

아무리 자신의 몸이 몬스터의 유전자로 인해 인간의 한계를 벗어났다고는 하지만, 그 기본은 인간이었다.

그러니 심장도 인간의 심장과 비슷한 형태의 것을 찾아야 했다.

그래서 찾아낸 것이 바로 기가스의 심장이었다.

물론 기가스의 심장이 아니라도 인간형 몬스터의 심장이라면 대부분 맞겠지만, 이왕 심장을 교체할 것이라면 현재 진화한 육체와 가장 적합한 형태의 심장을 구하고 싶었다.

그러던 중에 그리스에서 기가스가 잡혔다는 소식을 듣게 되었다.

기가스의 심장이 최선은 아니지만 차선 정도는 된다는 판단 하에 재식은 기가스의 심장을 구하기 위해 그동안 정보를 모았었다.

그리고 지금, 헌터 코리아 옥션의 총괄 책임자인 리처드 막스를 통해 프랑스에 있던 것을 이곳으로 가져왔다.

물론 그 때문에 가격이 조금 오르기는 했지만 상관없었다.

기가스의 심장을 손에 넣으면 8개월 전에 김중배로부터

아티펙트 제작 의뢰 대금의 일부로 받은 어스 드레이크의 마나 하트와 합쳐 최고의 마력진을 가진 심장을 얻을 수 있기 때문이었다.

＊　　　＊　　　＊

재식이 헌터 코리아 옥션에 경매를 시도하기 6개월 전.

대한민국 헌터 협회의 제1차 아티펙트 제작 의뢰 중에 100개의 아티펙트를 납품한 날 오후에 재식은 그동안 미루고 있던 몬스터 사냥을 나갔다.

양평에서 어스 드레이크 레이드를 한 날로부터 2달이나 지난 시점에서 자신의 몸이 어떻게 바뀌었는지 점검을 하기 위해서였다.

그 때문에 재식은 남은 아티펙트 생산을 아버지에게 맡겨두고 파주로 향했다.

재식이 파주로 향한 것은 임진강 이북 옛 북한의 개성군 쪽에 많은 몬스터들이 자리를 잡고 있었기 때문이었다.

옛 북한지역은 이미 대격변 초기에 몬스터에게 함락되어 인간이 살 수 없는 지역으로 알려져 있었기 때문에, 변한 자신의 신체를 실험하기에는 아주 적합한 지역이었다.

사실 바뀐 신체 능력을 시험해볼 장소는 굳이 개성이 아니어도 상관은 없었다.

하지만 다른 지역은 헌터들의 눈에 띌 위험이 있어 자칫 신종 몬스터로 오인을 받을 수도 있었다.

그러니 웬만하면 헌터들이 활동하는 곳보다는 헌터 협회가 주관하고 있는 지역이나 몬스터에게 점령된 옛 북한지역이 차라리 신체 능력을 시험하기에 적합했다.

헌터 협회에서도 재식이 요청만 하면 충분히 들어줄 수 있는 일이겠지만, 재식은 괜히 헌터 협회에 신세를 져서 약점을 잡히고 싶지 않아 옛 북한지역인 개성으로 향했다.

서울을 벗어나 2시간 정도 달린 후 재식은 마정리에 도착했다.

다리 하나만 건너면 개성으로 들어갈 수 있는 장단면이었다.

원래 이곳 장단면 동장리는 남한의 땅이었지만, 대격변 초기에 북한이 몬스터에게 무너지면서 몬스터 세상이 되었다.

몬스터들은 북한을 점령한 후 남북으로 영역을 넓히기 위해 이동을 개시했는데, 그러다 보니 개성과 붙어 있는 장단면이나 임진강 북쪽 지역까지 내려오게 되었다.

그 때문에 북한과 철책을 사이에 두고 휴전선을 지키던 군인들은 밀려드는 몬스터들을 막기 위해 피를 흘리며 싸워야 했다. 하지만 현대 화기가 잘 통하지 않는 몬스터를 상대하기가 너무도 힘들어 어쩔 수 없이 임진강 이남으로 전선을 물릴 수밖에 없었다.

그리고 강이라는 천연의 장벽으로 인해 몬스터는 더 이상 남쪽으로 내려오지 못한 채 발길을 돌릴 수밖에 없었다.

하지만 대한민국도 임진강 이북을 몬스터에게 내준 이후 더 이상 빼앗긴 땅을 회복할 수가 없었다.

다만, 시간이 흐르고 고위급 헌터들이 나오면서 장단면 일부 지역을 수복할 수가 있었다.

그렇게 수복한 일부 지역은 몬스터와의 전투에서 최전선이 되었다.

*　　　　*　　　　*

[정지!]

통일대교 초입에 위치한 초소에서 경고 방송이 나왔다.

끼익!

스피커에서 나온 경고에 재식은 통일대교 앞 바리케이드 앞에서 차를 멈췄다.

[시동 정지! 시동 정지!]

[차량 하차! 차량 하차!]

덜컹!

척!

재식은 스피커에서 나오는 지시대로 차량을 정차하고 시

동을 끈 다음 차에서 내렸다.

[신분증 제출! 신분증 제출!]

스피커에서의 지시는 혹시라도 차량에 탑승하고 있는 사람이 듣지 못했을 것에 대비한 것인지 두 번 반복해서 들려왔다.

군을 다녀왔기에 어떻게 해야 하는지 잘 알고 있던 재식은 차에서 내리기 전에 헌터 라이선스를 챙겨서 내렸기에 왼팔을 들어 보이며 왼팔에 착용한 헌터 브레슬릿을 보여주었다.

재식이 헌터 브레슬릿을 보이자 스피커에서는 잠시 아무런 말도 나오지 않았다.

그러다 다시 목소리가 들렸다.

[앞에 있는 검색기에 브레슬릿을 넣으십시오.]

조금 전까지만 해도 위압적인 목소리로 지시를 하더니, 헌터 브레슬릿을 보인 뒤로는 재식이 헌터라는 것을 알고는 말투가 조심스럽게 바뀌어 있었다.

막말로 재식이 몇 등급의 헌터인지는 모르겠지만, 몬스터와의 전쟁터 최전방인 이곳을 찾은 헌터 그것도 혼자 또는 소수로 온 것으로 보이는 헌터를 막무가내로 대한다는 것은 만용을 부리는 것이나 마찬가지였다.

그러니 초소에 있던 군인도 말투를 조심하는 것이었다.

헌터 중에는 소시오패스나 사이코패스도 많았기에 이곳

을 지키는 군인들의 상관들은 언제나 말투를 조심하라고 교육을 시켰다.

다만, 지금처럼 소수의 헌터가 이곳을 찾는 경우는 거의 없었기에 종종 길을 잘못 들어 이곳에 오는 멍청이들에게 장난을 치고자 재미로 그렇게 했던 것뿐이었다.

하지만 오늘은 재수 없게도 길을 잘못 찾아 들어온 일반인이 아닌 헌터가 걸린 것이었다.

삐!

[확인되었습니다. 정재식 헌터님, 통과하십시오.]

덜컹!

우웅!

스피커에서 확인이 되었다는 말이 끝나기 무섭게 통일대교를 막고 있던 철문이 덜컹거리며 열렸다.

탁!

부우웅!

재식은 철문이 열리자 바로 차에 시동을 걸고 그곳을 통과했다.

통일대교 너머 반대쪽 초소에도 이미 연락이 된 것인지 출구에 다다르자 반대쪽 출구의 철문도 열려 있었다.

임진강 이북과 이남을 이중으로 막고 있던 철문을 통과한 재식은 속도를 내서 빠르게 이동했다.

한참을 달린 재식은 군내면에 자리한 헌터 협회 분견대에

도착해 몬스터 헌팅 신고를 했다.

느닷없이 헌터 하나가 나타나 사냥허가를 요청하자, 처음에는 무슨 일인가 싶어 쳐다보던 헌터 협회 분견대 직원은 재식의 라이선스에 적힌 헌터 등급을 확인하고는 얼른 사냥허가를 내줬다.

재식의 헌터 라이선스 등급이 6등급에 대한민국에는 공식적으로 4명뿐인 S급 헌터의 라이선스였기 때문이었다.

"아참, 좀 물어볼 것이 있는데……."

재식은 사냥 허가를 받고 막 분견대 사무소를 나가려다가 뒤돌아 물었다.

"몬스터 헌팅을 하는 헌터들은 적고, 4등급 이상 몬스터는 많이 있는 곳은 어디입니까?"

재식은 별 게 아니란 듯이 가볍게 물었다.

그런 재식의 질문에 조금 전 라이선스를 확인하던 직원이 조심스럽게 반문했다.

"공대 규모는 어느 정도입니까?"

이곳이 몬스터와의 전장 중에 최전선 중 하나였기에 조심스럽게 재식이 끌고 온 공대의 규모에 대해 물은 것이었다.

그런 직원의 물음에 재식은 아무런 표정 변화도 없이 단호하게 대답했다.

"혼자입니다."

"네?"

홀로 몬스터 사냥을 하기 위해 왔다는 재식의 대답에 직원은 순간 그 말을 이해하지 못하고 되물었다.

"혼자 사냥을 왔습니다."

재식은 또박또박 다시 한 번 혼자 사냥을 왔다는 대답을 들려주었다.

그런 재식의 대답에 직원은 놀란 표정으로 아무런 말도 하지 못하다가 겨우 입을 열었다.

"여긴 몬스터와의 전쟁터입니다."

재식이 아무리 6등급에 S급 헌터 라이선스를 가진 엘리트 헌터라고는 하지만, 이곳은 일반적인 몬스터 필드와는 전혀 다른 몬스터 랜드였다.

그렇기 때문에 직원이 보기에 재식은 자살을 하려는 것이 아니라면 자신의 헌터 등급에 취해 만용을 부리는 것이었다.

"아무리 6등급 라이선스를 가지신 헌터라고 해도 이곳에서 혼자 활동을 한다는 것은 자살행위입니다."

직원은 극구 재식을 말렸다.

"그래봐야 위험 등급 7등급도 되지 않는 몬스터일 뿐입니다."

재식은 말리는 협회 직원을 보며 그렇게 대답했다.

막말로 자신이 두 달 전에 잡은 어스 드레이크에 비교를 하면 이곳에 있는 몬스터는 그저 식은 죽 먹기나 마찬가지였다.

더욱이 지금은 어스 드레이크의 유전자도 흡수해서 신체가 더욱 진화한 상태가 아닌가. 재식은 육체 능력만으로도 5등급 몬스터에는 밀리지 않을 자신이 있었다.

아니, 어쩌면 6등급 몬스터도 상대가 가능할 것이라는 예상을 조심스럽게 하고 있던 재식이었다.

그러니 자신을 걱정하는 헌터 협회 직원의 말은 그냥 괜한 걱정을 하는 것이라 생각하고는 다시 한 번 몬스터들이 많이 출몰하는 지역에 대해 물었다.

"제 걱정은 마시고, 몬스터가 많이 출몰하는 지역이나 좀 알려주십시오."

재식은 재차 같은 질문을 했다.

그런 재식의 물음에 직원은 할 수 없다는 듯이 머리를 흔들고는 잠시 컴퓨터를 조작하더니 지도를 화면에 띄었다.

그러자 붉은 점들이 나타나 깜박거렸다.

삥! 삥! 삥!

붉은 점들이 깜박일 때마다 내장 스피커에서 소음이 들렸다.

그리고 붉은 점 근처에는 파란 점들도 더러 보였는데, 이를 들여다보던 직원은 그중에 파란 점 없이 붉은 점만 반짝이는 지역을 살폈다.

그러다가 그중에 조금 작은 붉은 점이 반짝이는 지점을

재식에게 알려주었다.

"도라산 제3땅굴 지역으로 가보십시오."

한참을 살피던 직원은 재식에게 옛 북한군이 파놓은 지하 땅굴 제3호가 있는 지역을 알려주었다.

"조심하십시오."

자신의 말을 듣고 분견대 사무소를 나가는 재식의 뒤로 직원은 그렇게 재식에게 걱정이 담긴 인사를 전했다.

그런 헌터 협회 직원의 걱정을 뒤로하고 재식은 그가 가르쳐준 제3땅굴을 향해 차를 몰았다.

헌터 협회 분견대 사무소를 떠난 재식은 차로 10여 분을 달려 목적지에 도착했다.

목적지인 제3땅굴 인근에는 예전에 군인들의 막사가 있었는지 아니면 마을이 있었는지는 모르겠지만 인위적인 건물의 흔적이 남아 있었다.

하지만 그것은 잔해만이 남은, 인간이 살았다는 흔적일 뿐이었다.

"이곳에 몬스터들이 많이 출몰한다는 거지?"

재식은 차를 벽만 남은 한 건물에 주차를 하고는 바위와 풀로 덮어 위장을 했다.

괜히 차를 그냥 주차시켰다가는 언제 몬스터가 나타나 차를 망가트릴지 모르기 때문이었다.

적당히 차를 숨긴 재식은 모든 작업을 마치고 주변을 살피기 시작했다.

　몬스터의 흔적을 찾기 위해서였다.

　그렇게 얼마를 살폈을까. 재식은 몬스터의 흔적을 찾을 수 있었다.

　다만, 몇몇 흔적은 오래된 것인지 바닥의 흔적이 흐리거나 딱딱하게 굳어 있었다.

　하지만 몇몇 발자국이나 흔적들은 그리 오래된 흔적이 아니었다.

　"흐흠, 지나간 지 30분 정도밖에 되지 않은 것 같군."

　찾아낸 흔적 중에 가장 최근의 것은 불과 30분 전에 이곳을 지나간 흔적이었다.

　'어떤 놈의 것이지?'

　30분 전에 지나간 몬스터의 흔적으로는 단단한 땅 때문에 흔적을 남긴 몬스터가 어떤 종인지 명확하게 알 수가 없었다.

　다만, 흐릿한 중에도 넓고 큰 것이 작은 몬스터의 것은 아니었다.

　그래서 재식은 조심스럽게 흔적을 가늠해 어디서 와서 어디로 갔는지 살피고는 그것을 추적하기 시작했다.

　'흔적을 보면 도라산에서 송산리 쪽으로 간 것 같군.'

　몬스터가 향한 방향을 알아낸 재식은 걸음을 빨리했다.

　하지만 빨라진 걸음과는 반대로 소리는 줄어들었다.

몬스터를 추적할 때는 바람이나 소음을 조심해야 한다.

자칫 추적하던 몬스터에게 들켜 역습을 당할 수도 있기 때문이었다.

사냥꾼이 사냥에 실패하는 경우는 이렇게 사냥감을 추적할 때 맹목적으로 추적을 하다가 바람이나 소음을 무시할 때였다.

몬스터는 겉으로는 그저 무식하고 난폭해 보이지만 사실은 무척이나 섬세한 놈들이었다.

그도 그럴 것이, 몬스터는 위험 등급이 1등급 최하위인 고블린에서부터 7등급의 보스 몬스터들까지 모두가 피식자임과 동시에 포식자들이었다.

그렇기 때문에 교활하게 함정을 파서 자신보다 상위 객체를 사냥하기도 하고, 때로는 특수한 물질을 만들어 사용하기도 했다.

몇몇 몬스터의 경우에는 헌터가 사용하던 장비까지 뺏어서 사용하는 일도 있을 정도였다.

그 정도로 몬스터들은 교활하고 지능이 있어서 사냥을 할 때 특별한 주의가 필요했다.

스윽! 스윽!

작게 스치는 소리만 날 정도로 은밀하게 움직이던 재식은 급기야 비교적 무른 땅을 발견했다.

그리고 그 위에 찍힌 몬스터의 흔적을 발견하고는 자신이 추적하는 몬스터의 정체를 깨달았다.

'레피드 타이거!'

재식이 그동안 추적하던 몬스터는 위험 등급 5등급 몬스터 중에 보스까지는 아니더라도 엘리트 몬스터에 속하는 상급의 몬스터였다.

그리고 이름에서도 알 수 있듯이 레피드 타이거는 육상에서 활동하는 몬스터 중에 비행형 몬스터를 제외하고는 가장 빠른 스피드를 가지고 있었다.

뿐만 아니라 레피드 타이거의 털은 주변의 환경과 동화하는 성질이 있어 움직이지 않을 때는 쉽게 찾을 수가 없었고, 설사 움직인다 하더라도 작은 실루엣만 보일 정도로 은신 능력이 뛰어난 몬스터였다.

그 때문에 레피드 타이거는 비록 5등급의 몬스터이기는 하지만 때로는 6등급 상위 몬스터인 오거도 사냥해 잡아먹을 정도로 무척이나 뛰어난 사냥꾼이었다.

그러니 자신이 추적하던 몬스터가 레피드 타이거란 것을 깨달은 재식은 속도를 줄이고 더욱 은밀하게 뒤를 쫓았다.

얼마를 쫓았을까. 재식의 귀에 아주 미약한 소음이 들렸다.

지금까지 주변에서 들리던 소음과는 다르게 주변의 소리는 줄어든 반면 무언가 묵직한 물체가 풀과 마른 나뭇잎을 밟는 소리가 들린 것이었다.

'찾았다.'

재식은 본능적으로 방금 전에 들은 소음이 지금까지 자신이 쫓던 레피드 타이거가 내는 발자국 소리란 것을 깨달았다.

'위자드 아이!'

재식은 보이지 않는 것이나 숨은 것을 찾을 때 사용하는 서치 마법의 하나인 위자드 아이 마법을 사용했다.

다만, 혹시라도 주변에 레피드 타이거가 은신하고 있을 수도 있었기에 조금 마력이 많이 들기는 하지만 속으로 스펠을 외우고 마법을 시전 했다.

'윽!'

위자드 아이 마법으로 주변을 살피던 중 재식은 순간 기겁을 했다.

마법이 레피드 타이거가 자신 가까이 있다는 신호를 보냈기 때문이었다.

하지만 아직도 재식은 레피드 타이거를 보지 못했다.

그런데 마법은 레피드 타이거가 자신을 향해 적의를 드러냈다는 것을 알리고 있었다.

그 때문에 재식은 순간적으로 긴장을 하지 않을 수 없었다.

'어디지?'

위자드 아이 마법은 지금 레피드 타이거가 자신을 공격하려 한다는 것을 알려오고 있었지만, 아무리 살펴봐도 찾을 수가 없어서 재식은 스트레스 지수가 급격히 올라갔다.

'꿀꺽!'

재식은 자신도 모르게 마른침을 삼켰지만 긴장은 줄어들지 않았다.

'어디냐……'

속으로 레피드 타이거가 어디에 있을지 생각을 해봤지만 전혀 감이 잡히지 않았다.

그런데 그때, 아주 작은 소음이 들렸다.

탁!

무언가 점프를 하는 듯 어떤 생물이 도움닫기를 하는 아주 작은 소리였다.

그리고 재식은 그때서야 레피드 타이거가 어디에서 자신을 노려보고 있었는지 깨달았다.

휘잉!

"젠장! 하합!"

단말마의 비명과도 같은 기합과 함께 재식은 심장에 있는 마력을 동원해 신체를 활성화했다.

그러고는 오른쪽 사선으로 몸을 날렸다.

재식이 그쪽으로 몸을 날린 이유는 그곳에 커다란 나무가 있었기에 나무 기둥 뒤로 몸을 날린 것이었다.

꽈직!

재식이 몸을 날린 나무는 묵직한 소음과 함께 무언가에 튕겨 나가는 소리를 냈다.

탁닥!

크아앙!

레피드 타이거는 자신을 쫓던 재식을 오히려 나무 위에서 기다리고 있었다.

그러다가 자신이 숨은 나무 밑으로 재식이 지나가자 기척을 숨긴 채 있다가 재식이 움직임을 멈추고 주변을 살피자마자 뛰어 내려 기습을 한 것이었다.

하지만 재식의 동작이 너무도 기민해서 위에서 뛰어내리며 기습을 하는 레피드 타이거를 피해 버렸다.

7. 또 다른 아티펙트를 경매에 내놓다

어스 드레이크의 피로 인해 진화된 자신의 신체 능력을 확인하기 위해서 몬스터와의 전쟁에 있어 최전선인 옛 휴전선 지역을 찾은 재식은 크나큰 위기에 처했다.

자신의 신체 능력을 시험할 대상으로 뒤를 쫓던 몬스터에 의해 도리어 사냥감으로 전락했기 때문이었다.

시험 대상이 레피드 타이거라는 동물형 몬스터임을 알게 된 뒤로 무척이나 조심을 했음에도 불구하고, 레피드 타이거는 재식의 예상을 더욱 뛰어넘는 몬스터였다.

재식에게 있어 동물형 몬스터를 상대하는 것은 이번이 처음은 아니었다.

북한산 몬스터 필드에서 다이어 울프들을 상대한 적도 있었고, 또 헌터 협회 직할대인 팀 유니콘의 제5전대와 몇 번 사냥을 함께하면서 돌연변이 멧돼지인 크레이지 보어를 사냥한 적도 있었다.

동물형 몬스터는 대격변으로 인해 발생한 차원 게이트를 통해 나온 놈들이건 아니면 지구에 있던 동물이 차원 게이트의 영향으로 돌연변이를 일으켜 몬스터가 된 놈들이건, 무척이나 교활하고 또 힘이 좋아 같은 등급의 몬스터를 사냥하는 것보다 꽤나 까다로웠다.

그도 그럴 것이, 동물형 몬스터는 교활할뿐더러 일반 몬스터들에 비해 흉폭함에서는 조금 뒤질지 몰라도 기본적인 힘이나 민첩 그리고 체력은 월등히 높았다.

그 때문에 덜 위협적인 외모와 익숙한 형태로 인해 방심을 했다가는 아무리 고위 헌터라도 낭패를 당할 수가 있었다.

실제로 몬스터 필드에서 사상자가 나오는 대부분이 바로 동물형 몬스터를 상대하다가 방심하여 일어나는 경우일 정도로, 겉으로 드러난 외형적인 익숙함에 방심을 하면 대형 사고가 터지고는 했다.

재식도 이러한 사실을 잘 알고 있었기에 레피드 타이거를 추적하면서 조심에 조심을 기울였다.

바람의 방향이 바뀔라 치면 얼른 몸에 배리어를 쳐서 자신의 체취가 레피드 타이거에게 날아가는 것을 막았고, 밟고 지나갈 주변에 단단한 대지가 없으면 침묵 마법을 걸어 최대한 소리를 죽였다.

하지만 그러한 노력이 무색하게도, 레피드 타이거는 나무 위에서 재식이 자신의 사냥 반경 내로 들어오기를 기다렸다가 재식이 그 안에 들어서기가 무섭게 위에서 덮쳐들었다.

다행이라면 재식이 마치 침묵 마법이라도 건 것처럼 조용해진 주변 환경에 긴장을 한 채, 서치 마법인 위자드 아이 마법을 써서 주변을 살피며 천천히 아주 천천히 움직였다는 것이었다.

그 덕분에 아무리 살펴도 찾지 못했던 레피드 타이거가 막 도움닫기를 하며 자신을 향해 나무 위에서 뛰어 내릴 때 그 작은 기척을 감지할 수 있었다.

그리고 재식은 당황하지 않고 본능적으로 앞이나 뒤로 움직이지 않고 좌우 중에 한쪽 방향으로 몸을 날렸다.

그것도 레피드 타이거가 앞발을 휘두를 때 자신의 몸을 지켜 줄 굵은 나무가 있는 방향으로 말이다.

그런 재식의 선택이 아주 현명한 선택이었음을 보여주듯, 재식의 몸을 가리고 있던 나무는 레피드 타이거에 의해 움푹 파이며 쓰러졌다.

굵기가 30㎝ 정도에 이르는 굵은 나무였지만, 레피드 타이거의 앞발 공격이 얼마나 강력한지 그 굵은 나무가 쓰러진 것이었다.

꽈드드득!

쿵!

재식은 자신의 눈앞에 펼쳐진 모습에 경악했다.

이렇게 굵은 나무가 레피드 타이거의 앞발 공격 한방에 쓰러질 줄은 예상하지 못했기 때문이었다.

이 정도 힘이라면 6등급 몬스터 중 상위에 드는 오거에 필적하는 힘이었다.

그러고 보니 모습을 드러낸 레피드 타이거의 크기는 알려진 레피드 타이거에 비해 체고가 50㎝는 더 높아 보였다.

원래 재식의 키는 180㎝가 살짝 넘는 정도였다.

그런데 어스 드레이크 레이드가 끝나고 어스 드레이크의 유전자를 흡수하면서 재식의 키는 조금 더 커졌다.

190㎝를 넘겼으며, 또 어스 드레이크의 유전자를 활성화 시키면 더욱 거대해져 2m에 이를 정도로 커졌다.

지금이 바로 어스 드레이크의 유전자를 발현해 더욱 커진 상태임에도 불구하고, 재식은 5m 정도 떨어진 눈앞에 있는 레피드 타이거를 살짝 올려다보고 있는 중이었다.

보통 알려진 레피드 타이거의 체고는 2m 정도로, 발끝에서 머리끝까지의 높이가 2.4m~2.7m 정도였다.

그런데 지금 눈앞에 있는 레피드 타이거는 무려 3m가 넘어가는 높이를 보이고 있었다.

이 정도면 6등급 몬스터인 오거도 사냥해 잡아먹을 수 있을 것 같았다.

"꿀꺽!"

재식은 레피드 타이거를 정면으로 보면서 자신도 모르게 마른침을 삼켰다.

그런데 이렇게 긴장을 하는 것은 재식만은 아니었는지, 기습에 실패한 레피드 타이거는 재식을 정면으로 노려보면서도 더 이상 달려들지 않고 재식을 경계하고만 있었다.

크기는 자신보다 작고 왜소한 외형을 가지고 있었지만 느껴지는 마력은 결코 자신의 밑이 아니었기 때문이었다.

사실 이 레피드 타이거는 이 일대의 최상위 몬스터였다.

맹수건 몬스터건 일정 영역을 두고 자신의 사냥터로 삼는다.

그런데 이 레피드 타이거는 이곳 군내면뿐만 아니라 남쪽의 장단면과 개성은 물론이고, 동쪽으로는 연천군의 왕징면까지, 아주 넓은 영역을 소유하고 있는 포식자였다.

그럼에도 레피드 타이거는 자신보다 왜소한 재식을 보면서 긴장을 하고 있었다.

본능적으로 재식이 자신보다 약하지 않다는 것을 느낀 것이었다.

크릉!

맹수나 몬스터는 자신과 전투력이 비슷하거나 높은, 그러니까 자신에게 위협이 될 만한 대상을 만나면 절대로 으르렁거리는 등의 하울링을 하지 않는다.

이는 자신의 약함을 드러내는 행위이기 때문이었다.

즉 나는 너보다 약하니 물러나겠다, 내지는 우리가 싸우면 서로 상처를 입으니 싸우지 말자라는 모습을 보이는 행위인지라 하지 않는 것이다.

먼저 하울링을 하면 내가 너보다 서열이 '낮다'라는 선언을 하는 것이기에, 그렇게 되면 지금까지 먹이를 사냥하던 자신의 영역을 상대에게 넘겨주고 자신은 그 밑에서 작은 영역을 구축하거나 아니면 새로운 사냥터를 구해 떠나야 한다.

만약 그러지 않고 계속해서 영역에 남아 있다가는 사냥감으로 전락하게 된다.

하지만 지금 재식의 앞에 있는 레피드 타이거는 결코 자신의 영역을 재식에게 넘겨줄 의사가 없었다.

이 레피드 타이거는 이곳 영역을 차지하기 위해 자신보다 강한 오거를 사냥하고 오거의 영역을 차지한 것이기 때문이었다.

더욱이 재식에게서 느껴지는 마력이 위협적이기는 하지만 자신이 잡은 이곳의 전 주인에 비해 더 강하다는 느낌은 들지 않았기에 충분히 잡을 수 있을 것 같았다.

다만, 문제가 되는 것은 사냥 중에 자신이 부상을 당할 수도 있다는 것이었다.

아무리 강한 포식자라도 왕좌를 위협하는 또 다른 경쟁자들은 많다.

재식과 레피드 타이거는 서로를 노려보며 상대의 빈틈을 찾기 위해 집중했다.

스윽! 스윽!

저벅! 저벅!

레피드 타이거도, 그리고 레피드 타이거를 노려보며 빈틈을 노리는 재식도 긴장을 하며 서로를 주시했다.

주르륵!

재식도 자신보다 덩치가 큰 레피드 타이거를 보면서 방심만 하지 않으면 충분히 잡을 수 있겠다는 자신이 들었다.

하지만 본능적으로 긴장을 하니 등에서 식은땀이 흘렀다.

툭!

"후우!"

제자리를 빙빙 돌며 눈앞에 있는 레피드 타이거의 약점을 찾던 재식이 순간 그 자리에 멈춰 섰다.

그리고 레피드 타이거에게서 시선을 떼지 않은 채 깊은 심호흡을 했다.

"언제까지 이렇게 있다가는 내가 먼저 지칠 거야. 그렇지?"

재식은 마치 친구에게 이야기를 하듯 레피드 타이거를 보며 중얼거렸다.

크릉!

재식이 말을 걸자 레피드 타이거는 '이건 뭐지?'라는 표정으로 재식을 보며 으르렁거렸다.

"뭔가 결판이 나야 할 것 같아."

마치 각오를 다지듯 재식은 그렇게 중얼거리고는 마법 스펠을 중얼거렸다.

재식의 능력에는 육체적인 것만이 아니라 마법도 있었다.

이는 레피드 타이거가 예상하지 못한 능력이었다.

"죽음보다 강한 원망! 내 적의 몸을 움켜쥐어라! 차가운 망령의 손길!"

마법 스펠이 끝나고 재식이 왼팔을 레피드 타이거를 향해 뻗자, 순간 레피드 타이거가 움찔했다.

뭔가 음습한 기운이 자신의 몸을 덮치는 것을 느꼈기 때문이었다.

그러나 느낌은 있었지만 아무런 현상도 일어나지 않았다.

그 때문에 잠시 멈칫한 것인데, 이것이 레피드 타이거의 실수였다.

크앙!

갑자기 레피드 타이거가 크게 울부짖기 시작했다.

느닷없이 발밑에서 무언가가 튀어나와서 네 발과 꼬리, 몸통 할 것 없이 강하게 붙들었기 때문이었다.

알 수 없는 것에 의해 몸이 붙들린 레피드 타이거는 급히 하울링을 하며 그것에서 빠져나오기 위해 몸부림을 쳤다.

크아앙!

하지만 레피드 타이거가 움직일수록 검은 무언가는 레피드 타이거를 더욱 조여 왔다.

레피드 타이거의 몸이 자신의 마법 망령의 손길에 붙들린 것을 확인한 재식은 눈을 빛냈다.

'옳지!'

사실 망령의 손길을 사용하면서 재식은 솔직히 성공 확률을 반반으로 보고 있었다.

그도 그럴 것이, 앞에 있는 레피드 타이거의 경우는 일반적인 위험 등급 5등급의 몬스터로는 보이지 않았기 때문이었다.

덩치로 보나 느껴지는 기운으로 보나 6등급 몬스터에게서 느껴지는 것과 비슷했다.

그렇기 때문에 겨우 4클래스의 망령의 손길로 붙잡을 수 있을 거라는 걸 확신하지 못했다.

그저 레피드 타이거의 행동을 제한하는 것에 의의를 두고 마법을 시전한 것이었는데, 의도가 보기 좋게 성공했다.

"샤프 블레이드!"

재식은 양손에 쥔 카타르의 날에 마법의 칼날을 덧씌워 더욱 날카롭게 만들고는 빠르게 망령의 손길에 붙들린 레피드 타이거에게 달려들었다.

6등급 몬스터로 느껴지는 레피드 타이거가 언제 망령의 손길에서 풀려날지 모르기 때문이었다.

아니나 다를까. 레피드 타이거는 재식이 접근하기도 전에 망령의 손길에서 풀려났다.

크앙!

커다란 하울링과 함께 레피드 타이거의 몸에서 살짝 붉은 기운이 일더니 온몸을 감싸고 있던 검은 기운(망령의 손길) 을 흐트러뜨렸다.

그러고는 자유로워진 몸으로 달려드는 재식을 향해 마주 달렸다.

크앙!

휘익!

재식은 망령의 손길이 풀리는 것을 보면서도 당황하지 않고 더욱 발에 힘을 주어 레피드 타이거의 품으로 뛰어들었다.

"하압!"

그러고는 커다란 기합과 함께 오른손을 앞으로 내질렀다.

원래는 망령의 손길에 붙들린 레피드 타이거의 아래턱 부위를 노렸던 것인데, 레피드 타이거가 망령의 손길에서 벗어나 재식을 향해 뛰어들다보니 재식이 내지른 오른손 카타르의 날은 턱밑이 아닌 연약한 아랫배를 스치고 지나갔다.

크아아앙!

아랫배에서 느껴지는 차가운 금속 물체의 느낌과 뭔가 빠져나가는 듯한 느낌에 레피드 타이거는 고통스러운 비명을 내질렀다.

뚜욱! 뚜욱!

서로 스치고 지나가면서 공격을 했지만 상대적으로 먼저 달려든 재식이 약간의 이득을 얻었다.

목표했던 급소는 아니지만 레피드 타이거의 아랫배를 가른 것으로 충분히 이득을 본 것이다.

하지만 레피드 타이거가 단순히 크기만 큰 것이 아님을 금방 알 수 있었다.

깊은 상처를 입어 피를 흘리던 레피드 타이거의 아랫배 상처 부위에서 조금 전에 망령의 손길을 풀어낸 붉은 기운이 뭉치더니, 조금 뒤에는 아랫배에서 언제 그랬냐는 듯 상처가 사라져 있었다.

그랬다. 레피드 타이거가 자신의 마력을 이용해 상처를 회복한 것이었다.

그런데 놀라운 것은 상처 회복의 속도가 트롤 못지않았다는 점이었다.

이에 재식은 너무도 놀라서 속으로 비명을 질렀다.

'뭐야! 지가 무슨 트롤이야!'

크릉!

자신의 몸에 상처를 입힌 재식을 향해 레피드 타이거는 송곳니를 보이며 하울링을 했다.

마치 내게 상처를 입힌 널 가만두지 않겠다고 하는 듯이.

"네가 그럼 어쩔 건데?"

비록 금방 사라진 상처였지만 자신의 공격으로 레피드 타이거가 상처 입은 것에 고무된 재식은 입가에 차가운 미소를 머금고는 그렇게 중얼거렸다.

그런 재식의 모습이 더욱 마음에 들지 않았던 것인지 레피드 타이거는 분노의 로어를 터뜨렸다.

낮은 중저음의 저주파는 자신보다 약한 존재의 신체를 마비시키는 기능이 있다.

크아앙!

"옷! 대단한데!"

하지만 레피드 타이거의 로어를 온몸으로 맞은 재식은 오히려 자신감이 차올랐다.

3달 전에 이미 눈앞에 있는 레피드 타이거를 능가하는 위험 등급 7등급 보스 몬스터인 어스 드레이크의 로어도 맞아본 재식이었다.

겨우 6등급 엘리트 몬스터에도 미치지 못하는 레피드 타이거의 로어에 재식은 실소를 지으며 양손을 이용해 수인을 맺어 마법의 번개를 생성하고는 레피드 타이거에게 쏘았다.

"라이트닝 볼트!"

레피드 타이거가 덮치기 전에 빠르게 수인을 맺다 보니 5 클래스가 아닌 4클래스 전격 마법인 라이트닝 볼트를 만들었다.

여기서 시간만 더 있었다면 몇 가지 수인을 더하여 5클래스 전격 마법인 썬더 볼트를 시전할 수도 있었지만, 레피드 타이거가 자신의 로어가 통하지 않자 곧바로 재식을 향해 뛰어들었기 때문에 그럴 만한 여유가 없었다.

그 때문에 시간이 부족해 어쩔 수 없이 4클래스에서 수인을 멈추고 손에 담긴 전격 에너지인 라이트닝 볼트를 달려들던 레피드 타이거에게 던진 것이었다.

"윽!"

그런데 라이트닝 볼트를 레피드 타이거에게 던진 뒤 재식은 오른손으로 심장을 부여잡으며 제자리에 한쪽 무릎을 꿇어야 했다.

순간적으로 심장에서 통증이 느껴졌기 때문이었다.

아주 강한 통증은 아니었지만 통증을 일으킨 부위가 다른 장기도 아닌 심장이었기에 순간적으로 행동을 멈춘 것이었다.

크앙! 크앙!

파지지직!

한편 재식을 향해 달려들다가 재식이 던진 라이트닝 볼트에 직격 당한 레피드 타이거는 온몸을 찌릿하게 만드는 전류의 힘에 고통스러운 비명을 내질렀다.

한 번도 아니고 연속으로 낭패를 본 레피드 타이거는 바로 앞에 자신을 고통에 이르게 한 재식이 한쪽 무릎을 꿇고 있는 모습을 보면서도 쉽게 공격을 하지 못했다.

"허억! 이게 무슨 일이야!"

조금 전 마법을 시전한 뒤에 찌르는 듯한 고통을 선사하던 심장은 언제 그랬냐는 듯 정상으로 돌아와 있었다.

이 때문에 재식은 잠시 혼란스러워 앞에 생사대적인 레피드 타이거가 있음도 잊어버렸다.

그런데 뭔가 딴 것에 정신이 팔린 재식을 보면서도 레피드 타이거는 쉽게 움직이지 못했다.

아직도 몸속에 재식이 시전한 라이트닝 볼트의 기운이 남아 있어 근육이 통제를 벗어나 있었고, 또 한편으로는 재식이 갑자기 태도를 바꾼 것에 의심을 품었기 때문이었다.

혹시나 방심을 유도해 자신이 공격을 할 때 빈틈을 노리려는 것은 아닌가 하는 의심을 하고는 재식의 행동을 지켜볼 뿐이었다.

하지만 그것도 잠시, 레피드 타이거는 재식을 공격하려는 생각을 거두고 도망치기로 마음을 바꾸었다.

한 번도 아니고 두 번이나 재식에게 반격을 당해 상처를 입었다.

그리고 자신은 최선을 다해 공격을 했지만 단 한 번도 성공을 하지 못했다.

이대로 가다가는 눈앞에 있는 적을 이기더라도 심각한 피해를 입을 수 있다는 판단을 하게 된 것이었다.

그리고 판단이 서자 레피드 타이거는 방향을 바꿔 도망치기 시작했다.

타다다닥!

휙! 휙!

커다란 덩치와는 어울리지 않는 믿을 수 없는 속도였다.

레피드 타이거는 뒤도 돌아보지 않고 달렸다.

한편, 조금 전 갑자기 느껴진 심장 통증에 정신이 팔린 재식은 레피드 타이거가 도망치는 것을 보았음에도 뒤를 쫓을 생각을 하지 못했다.

*　　　*　　　*

다시 생각하면 참으로 어처구니가 없는 일이었다.

교활한 고블린도 아니고, 그렇다고 단순하긴 해도 군대처럼 전술을 펼칠 줄 아는 오크도 아닌 동물형 몬스터인 레피드 타이거가 싸움을 하다말고 항복도 아닌 도망을 친다는 것은 있을 수 없는 일이었다.

재식은 그저 막연하게 레피드 타이거가 단순한 몬스터가 아니라 동물형 몬스터라서 자신의 불리함을 알고 도망친 것이리라 생각할 뿐이었다.

하지만 사실은 그게 아니었다.

재식은 인지하지 못했지만 마법을 급하게 사용한 뒤 심장에서 느껴진 통증으로 가슴을 부여잡고 있었을 때, 아주 짧은 순간이었지만 재식은 짜증이 나서 화를 냈다.

그런데 그것이 마침 드레이크에게서 흡수한 유전자의 능력을 발휘하고 있던 때라 어스 드레이크가 내던 피어와 비슷한 파장을 쏟아냈다.

그것을 예민한 감각을 가지고 있던 레피드 타이거가 포착을 하고는 뒤도 돌아보지 않고 도망을 친 것이었다.

레피드 타이거와 어스 드레이크는 종 자체가 태생부터 달랐다.

당시 재식과 싸우던 레피드 타이거는 성장을 해서 6등급 몬스터가 된 것이었지만, 양평에 나타났던 어스 드레이크는 태생부터 7등급 보스 몬스터였다.

비록 양평에 출현한 어스 드레이크가 제대로 마력을 갖추지 못한 비정상적인 상태였다고는 해도 육체에 기억된 능력은 7등급 이상의 몬스터였다.

차원 게이트에 봉인 되고 또 원래의 계획과는 다른 방법으로 지구에 출현함으로써 비정상적인 상태로 나오기는 했지만 말이다.

그 때문에 레피드 타이거가 강력한 몬스터임은 맞지만 어스 드레이크에게는 먹이에 불과했다.

그 이후 재식은 레피드 타이거와의 전투 중에 갑작스럽게 느껴진 심장의 통증에 대해 그 원인을 알아내고 해결하기 위해 연구를 했고, 심장이 그렇게 아팠던 원인이 부족한 마력 때문임을 깨닫게 되었다.

심장에 마법진을 새기고 오크 전사의 마정석을 이용한 마력진을 가졌다고는 하지만, 어스 드레이크가 지니고 있던 육체의 힘을 제대로 발휘할 수는 없었다.

그러다 보니 소형차의 작은 엔진으로 커다란 전차를 움직이려고 한 것인지라 당연히 엔진에 무리가 가서 이상이 생길 수밖에 없었다.

"기가스의 심장! 기가스의 심장에 대한 경매를 시작하겠습니다."

재식이 6개월 전에 있었던 일을 떠올리고 있을 때, 헌터 코리아 옥션의 딜러가 재식이 구입하려고 하는 물품인 기가스의 심장에 대한 경매가 시작됨을 알렸다.

"경매 시작가는 1백만 달러로 하겠습니다."

열정적이고 격정적인 딜러의 경매 시작이란 소리에 여기저기서 자신의 팻말을 들며 사람들이 경매에 참여하기 시작했다.

그런데 희한한 것은 기가스의 심장의 용도를 알지 못하는 사람들이 경매에 다수 참여를 하고 있다는 점이었다.

검은 빛깔에 인간의 심장과 비슷하지만 거의 2배 만한, 어떻게 보면 너무 비슷해 검은 대리석으로 인간의 심장을 조각한 조각품처럼 보이는 기가스의 심장을 구하려는 사람들은 의외로 많았다.

"110만, 110만 나왔습니다. 더… 120만 나왔습니다."

기가스의 심장에 대한 경매가 시작되고 곧바로 110만 달러가 호가되었다.

그러자 뒤이어 바로 십만 달러가 더 올라 120만 달러가 되었고, 이후로도 경매 가격은 빠르게 치솟았다.

"340, 340만 나왔습니다. 350만 없으십니까?"

딜러는 340만 달러에서 멈춘 호가에서 가격을 더 올리기 위해 주변을 살피며 경쟁을 부추겼다.

하지만 서로 눈치를 보는 것인지 그 이상 호가를 부르는 사람이 없었다.

사실 이전에도 다른 나라 옥션에서 기가스의 심장이 경매로 나온 적이 있었다.

그때 당시에 기가스의 심장의 낙찰 가격은 430만 달러와 470만 달러였다.

그러니 아직도 기가스의 심장에 대한 가치는 약 1백만 달러 정도 더 남아 있는 상황이었다.

그런데 서로 눈치를 보는 중이라 쉽게 자신의 팻말을 들지 못한 채 눈치게임을 하고 있었다.

이때 재식은 자신이 나서야 할 때임을 깨달았다.

헌터 코리아 옥션의 책임자인 리처드로부터 기가스의 심장이 얼마에 거래되고 있는지 사전에 이야기를 들었기에 이대로 더 기다렸다가는 엉뚱한 사람에게 기가스의 심장이 팔려나갈 것 같았다.

스윽!

재식은 조용히 기다리다가 딜러가 다시 한 번 호가를 부르자 조심스럽게 들고 있던 팻말을 들었다.

"네. 333번 손님께서 350만 부르셨습니다. 360만 안 계십니까?"

재식이 호가를 부르자 딜러는 눈을 반짝이며 분위기를 고조시켰다.

한편 340만 달러를 불렀던 중국 전통복장의 푸짐한 몸집의 사내는 인상이 구겨졌다.

딜러가 2번이나 호가를 부를 때까지 자신보다 더 높게 호가를 부르는 사람이 없어서 기가스의 심장을 시가보다 훨씬 싸게 구입할 수 있게 되었다고 속으로 좋아하던 왕푸친은 마지막 호가가 불리기 직전 재식이 호가를 올리는 바람에 화가 난 것이었다.

"왕빠단(개자식)!"

앉아서 최소 9십만 달러를 벌수 있는 기회가 그동안 가만히 있던 재식으로 인해 물거품이 되어 버렸으니 어쩌면 당연한 일일 수도 있었다.

하지만 이곳은 엄연히 경매장이었다.

누구나 경매에 나온 물품에 참여가 가능했고, 그게 언제이든 그 물건이 다른 사람에게 낙찰되기 전이라면 상관이 없었다.

그렇지만 90%까지 자신에게로 낙찰이 되어가던 시점에서 딜러가 마지막 호가만 부르면 끝이었는데, 순간 엉뚱한 놈이 나타나 기회를 날려버렸다.

이에 왕푸친은 얼굴을 붉게 물들이며 흥분했다.

그러고는 재식이 부른 호가에 다시 한 번 호가를 불렀다.

한편 재식은 기가스의 심장을 낙찰받기 위해 다시 한 번 팻말을 들어 호가를 불렀다.

그런데 어찌 된 일인지 조금 전에 호가를 불렀던 중국인이 자신이 호가를 부르기 무섭게 또다시 팻말을 들어 호가를 올리는 것이 아닌가.

"380만 나왔습니다."

딜러는 재식과 중국에서 온 왕푸친이 경쟁하듯 호가를 부르는 것에 속으로 쾌재를 부르며 호가를 불렀다.

재식은 어차피 자신이 필요한 것인지라 기가스의 심장을 놓칠 수가 없었다.

지금 놓치면 언제 또다시 기가스의 심장이 경매로 나올지 모르는 일이고, 또 기가스의 심장이 아니라도 대체재는 있었지만 그것들은 모두 기가스의 심장보다도 훨씬 비싸 현재 재식으로서는 엄두를 낼 수가 없었다.

아니, 돈이 있다 해도 그것은 개인으로서는 구입이 불가능한 물건이라 애초에 포기를 하고 있었다.

그렇다고 기가스의 심장이라는 가성비 좋은 물건을 알아냈는데, 그보다 못한 것을 대체재로 사용할 수는 없었다.

그러니 하는 수 없이 흥분한 채 달려드는 중국인과 경쟁을 해야만 했다.

그렇게 재식과 왕푸친은 기가스의 심장 하나를 두고 경쟁하듯 호가를 불렀다.

410만… 450만… 470만. 드디어 전에 뉴욕 옥션에서 최고가를 찍었던 기가스의 심장 가격과 동률을 이루었다.

하지만 왕푸친은 아직도 흥분을 거두지 못한 채 480만 달러를 불렀다.

"480만 나왔습니다. 480만 이상 더 없으십니까?"

딜러는 480만이라는 숫자를 외치며 재식이 있는 곳을 바라보았다.

이에 재식은 조용히 팻말을 들었다.

"네. 333번 고객님께서 다시 한 번 490만을 외치셨습니다. 5백만 안 계십니까?"

이번에는 왕푸친을 보며 딜러는 5백만이란 숫자를 외쳤다.

하지만 왕푸친은 5백만이라는 딜러의 말에 쉽게 자신의 손에 있는 팻말을 들지 못했다.

망설이는 왕푸친의 모습에 딜러는 눈을 반짝이며 그를 압박했다.

"5백만 안 계십니까? 다시 한 번 외칩니다. 5백만 없으십니까?"

딜러는 왕푸친을 보며 5백만이란 숫자를 거듭 외쳤다.

"5백만 없으시면 이 기가스의 심장은 490만을 부르신 333번 고객님께 돌아갑니다. 더는……."

막 마지막 호가를 외치려던 순간, 왕푸친은 오른손에 있던 자신의 팻말을 들었다.

딜러가 그렇게 외치던 5백만 달러를 호가한 것이다.

490만을 부른 재식의 얼굴을 한 번 쳐다보고, 단상에 있는 기가스의 심장을 한 번 쳐다보며 고민을 하던 왕푸친은 마지막을 외친 딜러의 말에 아무런 생각도 없이 팻말을 들어버린 것이었다.

원래 그의 계획은 최대한 싼 가격에 기가스의 심장을 구입하여 중국으로 가져가 되파는 것이었다.

중국의 부호 하나가 그에게 기가스의 심장을 구해 달라는 의뢰를 해왔기에 충분히 되팔 자신이 있었다.

그래서 저번 뉴욕 옥션에서 470만 달러에 낙찰이 되었던 기가스의 심장이라면 십만 달러가 올라갔다 해도 충분히 자신의 수고비를 포함해 판매를 할 수 있을 것이라는 생각을 했다.

물론 처음 예상한 것보다는 이익이 줄어들겠지만, 신의를 지킬 수만 있다면 나중을 위해서라도 이익보다는 일단 거래를 성사시키는 것이 나았다.

그런데 재식이 자신보다 더 높은 490만을 불렀을 때는 고민을 하지 않을 수 없었다.

거래라는 것이 이익을 볼 때도 있고 손해를 볼 때도 있다고는 하지만 지금의 경쟁자는 자신이 5백만을 불러도 따라올 것 같았다.

하지만 자신이 최고라는 사상을 가지고 있던 왕푸친은 같은 중국인도 아닌 한국인, 그것도 젊은 놈에게 밀리는 것은 죽기보다 싫었다.

그래서 딜러의 말이 끝나기가 무섭게 호가를 부른 것이었다.

그런데 역시나 예상대로 재식은 왕푸친이 팻말을 들어 호가를 부르자 고민도 없이 바로 팻말을 들었다.

다시 한 번 경매 레이스가 펼쳐지는 순간이었다.

6백만… 650만… 7백만……. 기가스의 심장에 대한 호가는 계속해서 올랐다.

"890만 나왔습니다. 더……."

딜러도 이제는 호가를 부르는 것이 살짝 부담스러웠다.

이미 경매는 정상을 벗어나 버렸다.

아무리 경매에 나오는 물건들이 정가라는 것이 없다고는 하지만 적정 가격이란 것이 있다.

현재 9백만 달러에 육박한 기가스의 심장은 솔직히 5백만 달러도 되지 않는 물건이었다.

사실 이 또한 기가스의 심장이 산업 분야에 사용되어서 비싼 것이 아니라 그저 희귀한 몬스터의 심장이기에 부자들의 과시욕에서 생성된 가격이었다.

그런데 적정가격의 배를 넘긴 것이나 마찬가지인 890만 달러가 불려졌다.

그러니 딜러로서도 자신이 무리하게 고객을 경쟁시킨 것은 아닌가 하는 불안감에 휩싸인 것이었다.

딜러가 경매 물품을 비싸게 팔면 좋지 않느냐 라는 생각을 가질 수도 있겠지만, 이는 엄밀히 따지면 회사로서도 썩 좋지 못한 결과였다.

경매를 진행하는 입장에서는 경매 물품이 비싼 가격으로 팔리면 그 수수료가 높아지기에 좋은 일이겠지만, 물건을 사는 고객의 입장에서는 그 경매업체가 수수료를 많이 받기 위해 일부러 조작을 한다는 의심을 할 수도 있었다.

조금 전에도 말을 했지만 물건에는 적정 가격이라는 것이 있다.

그런 가격을 벗어난 물건에 대해서 고객들은 경매회사를

의심할 수밖에 없다.

그러니 경매를 진행하는 딜러의 입장에서는 현재 과도하게 달아오른 분위기가 마냥 좋지만은 않았다.

"현재 너무 진행이 과열된 것 같으니 잠시 휴식을 가지고 다시 진행을 하겠습니다. 30분간 휴식시간을 가지겠습니다."

딜러는 마치 쫓기듯 그렇게 휴식시간을 선언하고 경매장을 벗어났다.

그러자 자리에 앉아 있던 고객들도 얼른 자리에서 일어나 밖으로 나갔다.

기가스의 심장이 경매되는 것을 지켜보는 것 때문에 화장실에 갈 때를 놓친 사람들이 많았기 때문이었다.

너무도 열띤 두 고객(재식과 왕푸친)으로 인해 장장 40여 분 동안 기가스의 심장을 놓고 경매가 진행되었다.

아닌 게 아니라 딜러의 휴식선언이 없었다면 누군가는 경매장에서 뛰쳐나갔을 것이다.

한편 딜러의 휴식선언이 있자 재식은 자리에서 일어나 헌터 코리아 옥션의 직원을 급히 찾았다.

혹시나 기가스의 심장에 대한 경매 가격이 너무 올라 자신이 경매로 내놓은 실드 마법 팔찌의 가격을 오버했을지도 모르기 때문에 급히 헌터 코리아 옥션의 총괄 책임자인 리처드 막스를 만나려는 것이었다.

그런데 급히 헌터 코리아 옥션의 직원을 부르는 재식을 주시하고 있는 시선이 있었다.

그 사람은 바로 조금 전까지 재식과 기가스의 심장을 놓고 경쟁을 하던 왕푸친이었다.

'어? 저놈이 왜 헌터 코리아 옥션의 직원을 만나는 것이지? 혹시……'

왕푸친은 재식이 헌터 코리아 옥션의 직원을 만나는 것에 의심을 품기 시작했다.

'기가스의 심장을 비싸게 팔려고 일부러……'

왕푸친은 재식 때문에 말도 되지 않는 가격을 불러 이쯤에서 발을 빼려다가 재식이 경매사 직원과 이야기를 나누는 것에 의심을 하게 된 것이었다.

'근데, 어디를 가는 거지?'

왕푸친은 직원과 재식이 함께 어디론가 가는 모습을 보고 뒤를 쫓기 시작했다.

*　　　*　　　*

"절 보시자고 했다고요?"

리처드 막스는 자신의 사무실을 찾은 재식을 보며 물었다.

"예. 아무래도 제가 낙찰 받고 싶은 물건의 가격이 터무니없이 오르는 바람에 걱정이 되어 찾게 되었습니다."

재식은 현재 자신의 솔직한 마음을 그대로 리처드 막스에게 전했다.

헌터 코리아 옥션에서 알려 준 기가스의 심장 가격을 듣고 경매에 참여했지만, 엉뚱한 경쟁자로 인해 가격이 터무니없이 올라버렸다.

그 때문에 헌터 코리아 옥션으로부터 대출받은 금액으로는 낙찰을 받아도 낙찰금액을 낼 수가 없었다.

그래서 혹시 가능하면 실드 마법 팔찌 이외에 다른 아티펙트를 경매에 내놓고 부족한 낙찰금액을 맞추려는 것이었다.

"가능하다면 또 다른 아티펙트를 경매에 내놓고 부족한 금액을 대출받고 싶은데, 가능하겠습니까?"

"네? 또 다른 아티펙트가 있다는 말씀이십니까? 하지만 부족한 금액을 채우시려면 전에 경매로 내놓으신 것에 버금가는 아티펙트라야만 가능할 터인데 말입니다."

"그것보다 더 좋으면 좋았지 나쁘지는 않을 겁니다."

리처드 막스는 재식의 말을 듣고 고개를 갸웃거렸다.

전에 내놓은 방어형 아티펙트만 해도 엄청난 물건인데, 그에 버금가는 아티펙트를 더 내놓겠다고 하니 놀란 것이었다.

재식이 자신 있게 대답을 하자 리처드는 눈을 반짝이며

관심을 보이기 시작했다.

"그게 어떤 물건입니까?"

"이것입니다."

혹시나 해서 재식은 이곳으로 오는 동안 아공간을 열어 완드 하나를 꺼내서 허리춤에 끼워두었었다.

"이게 뭡니까?"

"이건 보시는 것처럼 완드입니다."

"완드요?"

"네. 판타지 소설이나 영화에 나오는, 마법사가 사용하는 아티펙트의 일종이죠."

"네……."

처음 보는 형태의 아티펙트라 리처드는 순간 실망스러운 표정을 지었다.

하지만 거듭되는 재식의 설명에 깜짝 놀랄 수밖에 없었다.

"이건 각성 헌터들의 마력을 증폭시켜 주는 기능이 있는 아티펙트입니다."

"네? 그게 정말입니까?"

"네. 기존에 사용하던 마력의 1/3만 사용해도 동일한 효과를 낼 수 있습니다."

"서, 설마……."

리처드는 재식이 들고 있는 완드를 보고 눈도 깜박이지

못한 채 그것만 주시했다.

재식의 설명대로라면, 이 작은 막대기와 같은 아티펙트가 각성 헌터의 헌팅 지속시간을 세 배나 늘려준다고 하지 않는가. 그런데 그것만으로도 놀라울 일인데, 이어지는 설명은 더욱 가관이었다.

"그렇게 사용하면 기존보다 더 오랫동안 헌팅을 할 수 있고, 또 기존과 같은 양의 마력을 쏟아내 공격을 한다면 세 배나 강력한 위력을 뿜어낼 수도 있을 것입니다."

"그럼 이 아티펙트가 그저 지속시간만 늘려주는 것이 아니라 에너지를 그대로 사용한다면 위력을 증폭시켜 주기도 한다는 것입니까?"

"네, 맞습니다."

"허허!"

리처드 막스는 재식의 확답에 할 말을 잊었다.

에너지를 줄여 사용하면 사냥 지속시간을 늘려줄 뿐만 아니라, 마력을 그대로 사용하면 위력까지 증폭시켜 준다고 하니 놀라지 않을 수가 없었다.

그 말이 사실이라면 지금 눈앞에 있는 아티펙트는 지금까지 나온 그 어떤 아티펙트보다도 뛰어난 아티펙트였다.

"얼마가 필요하십니까?"

리처드 막스는 단도직입적으로 물었다.

"얼마가 더 필요한지 잘 모르겠습니다. 알아서 처리해 주십시오."

재식은 그동안 경매에 아티펙트를 내놓은 경우는 있어도 경매에 직접적으로 참여를 해본 적이 없었다.

그러다 보니 현재 자신이 필요로 하는 기가스의 심장을 낙찰받기 위해서 얼마가 필요한지를 가늠할 수가 없었다.

8. 기가스의 심장을 손에 넣다

헌터 코리아 옥션의 직원과 함께 사라진 재식을 쫓던 왕푸친은 재식이 이곳 헌터 코리아 옥션의 총괄책임자인 리처드 막스의 사무실로 들어가는 것을 몰래 지켜보았다.

'역시 그랬어!'

왕푸친은 재식이 리처드 막스의 사무실로 들어가는 것을 보고 확신했다.

재식이 이곳 헌터 코리아 옥션에서 경매 가격을 올리는 브로커라고 말이다.

'후후! 감히 나 왕푸친을 두고 장난을 쳤단 말이지. 어디 두고 보자!'

왕푸친은 그렇게 무언가를 다짐하고 경매장이 있는 곳으로 돌아왔다.

그리고 경매장으로 돌아온 왕푸친은 자신과 함께 온 중국인들을 찾았다.

그들이 입구에서 얼마 떨어지지 않은 곳에 모여 떠들고 있는 것이 왕푸친의 눈에 보였다.

저벅! 저벅!

왕푸친은 빠른 걸음으로 중국인들이 모여 있는 곳에 도착했다.

"휴우!"

여러 명의 중국인들은 함께 모여 정보를 주고받고 있는 중에 왕푸친이 뒤늦게 도착하자 그를 의아하게 쳐다보았다.

"어딜 다녀오는 길이야?"

"칭룽! 내가 뭘 보고 왔는지 아나?"

자신을 보면서 어딜 갔다 왔냐고 물어보는 칭룽에게 왕푸친은 마치 엄청난 비밀이라도 알아낸 것처럼 몸을 낮추며 낮은 목소리로 이야기를 했다.

마치 너희만 들어! 라는 듯 왕푸친은 은밀하게 이야기를 꺼냈다.

그런 왕푸친의 이상한 행동에 칭룽이라 불린 사내는 물론이고, 함께 있던 중국인들도 모두 몸을 더욱 가까이 붙이며 왕푸친에게 다가갔다.

그러자 왕푸친은 자신의 의도가 통했음을 깨닫고는 조금 전에 자신이 본 것을 그들에게 이야기했다.

왕푸친의 이야기가 끝나자 이를 듣고 있던 중국인들은 흥분을 하기 시작했다.

"뭐야! 이놈들이 우릴 속이고 있다는 말이야?"

"허허! 헌터 옥션이 드디어 갈 데까지 갔군!"

자신의 말을 들은 중국인들이 부정적인 이야기를 할 때마다 왕푸친의 표정은 밝아졌다.

자신을 속인 헌터 코리아 옥션에 제대로 한방 먹여주었다는 생각이 들었기 때문이었다.

삐!

[안내 말씀드리겠습니다. 5분 뒤에 경매가 다시 시작될 예정이니 경매에 참석하신 분들은 모두 자리에 착석해주시기 바랍니다. 다시 한 번…….]

스피커에서 경매가 5분 뒤에 재개된다는 목소리가 들려왔다.

그러자 끼리끼리 모여 이야기를 나누고 있던 참가자들이 다시 경매장에 있는 자신의 자리로 가서 앉기 시작했다.

그리고 정확하게 안내가 나가고 5분 뒤에 경매가 다시 시작되었다.

그런데 경매를 진행하는 딜러가 바뀌어 있었다.

"죄송한 말씀이지만 잠시 전해드릴 소식이 있어 안내를

드리고 다시 경매를 시작하겠습니다."

바뀐 딜러는 그렇게 경매를 진행하기 전에 경매 참가자들에게 전달할 사항이 있다며 경매를 바로 진행하지 않고 말했다.

"30분 전에 진행하다 중단된 제21번째 경매 물품인 기가스의 심장에 대한 경매는 이상 과열된 관계로 경매운영위원회에서 경매무효처리하기로 결정하였습니다."

딜러는 그렇게 휴식시간 전에 진행되던 기가스의 심장에 관한 경매를 취소시켰다.

이는 경매 회사인 헌터 코리아로서는 수수료를 받지 못하는 상황이 벌어지는 일이었기에 업체 입장에서는 절대적으로 손해를 보는 결정이었다.

더욱이 프랑스에서 거래 예정이었던 물건을 경매를 하기위해 억지로 한국에 가져오느라 막대한 비용까지 썼다.

그러니 헌터 코리아 입장에서는 휴식시간 전에 이루어진 경매 가격으로 왕푸친이나 재식에게 낙찰을 시키는 것이 이득이었다.

하지만 헌터 코리아 옥션은 그렇게 하지 않았다.

현재 호가된 금액을 보면 누구나 의심을 할 만한 것이었기 때문이었다.

아무리 수수료가 아깝기는 해도 적정 경매 가격이라는 것이 있는데, 그것의 두 배나 높아진 가격을 그대로 유지할 수는 없었다.

기가스의 심장이 어떤 특별한 기능이 있어서 그것 때문에 여러 곳에서 경쟁을 하는 것이라면 상관이 없겠지만, 호가를 부르는 한쪽(재식)이 문제였다.

겨우 20대의 젊은 청년이 용도를 알 수 없는 경매 물품(기가스의 심장)에 대해 기존 거래가격의 두 배를 불렀으니 당연히 의심을 살 수밖에 없었다.

사실 휴식시간에 경매에 참여한 사람들이 이야기를 나누던 것도 바로 이것이었다.

특별한 아티펙트가 경매로 나왔다고 해서 한국까지 왔는데, 이상한 곳에서 엉뚱한 물건이 종전 거래 가격의 두 배나 높은 가격에 거래되고 있으니 말이 안 나올 수가 없었다.

그런데 새롭게 경매를 진행할 딜러가 나와서 이상 과열된 기가스의 심장에 대한 경매를 취소한다고 하자 작은 소란이 있기는 했지만 모두가 이해한다는 듯이 고개를 끄덕였다.

'어? 뭐지?'

하지만 그런 딜러의 이야기에 이상함을 느끼는 이들도 있었다.

그들은 바로 왕푸친으로부터 헌터 코리아 옥션이 한국인과 짜고 경매 가격을 올리고 있다는 이야기를 들은 중국인들이었다.

중국인들은 의아한 생각이 들기는 했지만 경매를 시작한다는 딜러의 말에 더 이상 그 일에 대해 생각할 수가 없었다.

그도 그럴 것이, 이제는 경매의 마지막 물건만이 남아 있었기 때문이었다.

아니, 정확하게는 두 개의 물건이 남아 있었다.

하지만 경매 진행은 그 두 개를 하나의 물품으로 취급해 진행이 되는 것이었기에 하나라고 해도 틀린 말은 아니었다.

"이번에 보실 물건은 나눠드린 카탈로그에 나온 스페셜 물건입니다."

딜러의 말과 동시에 단상 전면에 한 쌍의 팔찌가 등장했다.

"이것은 카탈로그에 설명되어 있는 것처럼 사용 횟수 제한이 있는 일반적인 아티펙트가 아니라, 사용 횟수가 끝나면 자체적으로 에너지를 충전하여 다시 사용할 수 있는, 자가 충전형 아티펙트입니다."

그것은 재식이 헌터 코리아 옥션의 경매에 내놓은 실드 마법 팔찌였다.

"이 아티펙트는 팔찌 형태로 휴대가 간편하고, 직경 2m의 원형 방패 모양의 막을 형성하는 아티펙트입니다. 사용 횟수는 5회이며, 사용한 에너지는 자체적으로 충전되는 최상급의 아티펙트입니다."

실드 마법 팔찌를 들어 팔찌의 성능에 대한 설명을 하던 딜러는 손전등처럼 생긴 기구로 팔찌의 표면을 비췄다.

"팔찌의 재질은 은빛 광체를 내는 금속이지만 결코 은이나 백금은 아닙니다."

딜러가 들이민 기구는 확대경의 기능도 있었는지 전면의 화면에 팔찌의 표면이 크게 확대 되어 보였다.

웅성! 웅성!

실드 마법 팔찌는 재식이 미스릴로 만든 것이어서 실내의 조명을 받아 은보다도 더 밝은 빛을 내고 있었다.

챙!

급기야 딜러는 단검 한 자루를 가져와 팔찌에 부딪혀 보았다.

그러자 맑은 금속음이 들렸다.

그런데 특이한 것은 칼과 부딪힌 팔찌의 표면에 어떠한 스크래치도 나지 않았다는 점이었다.

아니, 자세히 보니 팔찌와 부딪힌 단검의 날이 이빨이 빠진 것처럼 깨져 있었다.

"와!"

보통 팔찌를 만드는 금속은 아무리 단단해도 칼과 부딪히면 흠집이 생긴다.

칼날은 가늘어 약해 보이지만 열처리를 하기 때문에 무척이나 단단하기 때문이었다.

그렇기 때문에 액세서리로 만들어지는 금속보다 더 단단했다.

그런데 지금 보이는 팔찌의 경우에는 얼마나 단단한지 열처리된 칼날이 상할 정도였다.

"이 아티펙트의 원래 주인의 설명에 의하면, 위험 등급 5등급 몬스터의 공격은 100% 방어가 가능하고, 6등급 몬스터의 공격도 일부 방어할 수 있다고 합니다. 그리고 7등급 몬스터의 공격에는 일부 공격을 막아 내기는 하지만 아티펙트가 파괴 되었다고 합니다."

마치 사용후기와도 같은 딜러의 이야기에 참가자들은 웅성거리기 시작했다.

눈앞에 보이는 팔찌가 좋아도 너무도 좋았기 때문이었다.

정말로 조금 전에 딜러가 말한 것처럼 이번 경매의 마지막 스페셜 아티펙트는 최상급으로 보이는 스펙을 가지고 있었다.

"그럼 본격적으로 경매를 시작하겠습니다. 경매 시작 가격은 3백만부터 하겠습니다. 호가의 단위는 십만 달러입니다."

딜러는 말을 마치고 난 후 한 템포 쉬었다가 경매를 진행했다.

"자! 3백, 아! 3백 나왔습니다. 310, 320……."

경매가 시작되기 무섭게 호가는 가파르게 뛰기 시작했다.

4백만을 지나 5백만, 6백만까지 마구 치솟았다.

급기야 1천만 달러가 누군가에 의해 불리는 순간, 경매장 안에는 시간이 멈춘 것처럼 정적이 흘렀다.

그도 그럴 것이, 1천만 달러라는 숫자 때문이었다.

"1천만 나왔습니다. 더 없으십니까? 자가 충전 방어형 아티펙트 두 개를 가져가실 수 있는 가격입니다. 1천만 더 없으십니까?"

딜러가 1천만이라는 말을 하면서 두 개의 실드 마법 팔찌를 가져갈 가격으로 1천만보다 더 쓸 사람이 없냐고 물어보자, 이를 지켜보던 참가자들은 순간 멍한 표정이 되었다.

그동안 이들은 아티펙트 1개의 경매로 생각해 아티펙트 1개의 가격으로 1천만 달러라면 아무리 자가 충전 방어형 아티펙트라 해도 5회 사용 후 에너지가 충전될 때까지는 사용할 수 없으니 그 정도면 충분한 가격이라 생각하고 있었다.

그런데 알고 보니 아티펙트 1개의 경매가 아닌, 같은 기능의 아티펙트 두 개를 한꺼번에 경매하는 것이었다.

이를 알게 된 경매 참가자들은 다시 의욕적으로 경매에 뛰어들었다.

그러다 보니 호가는 다시 한 번 빠르게 올라가기 시작했다.

"네, 1,200. 네, 1,300……."

한편 자신이 내놓은 실드 마법 팔찌의 가격이 100억 원을 넘어도 한참 전에 넘었다는 사실에 재식은 어안이 벙벙했다.

비록 팔찌 두 개의 가격이라고는 하지만 팔찌를 만드는 데 들어간 재료값은 사실 얼마 되지도 않았다.

팔찌 형태를 만드는 데 들어가는 미스릴을 얻는 게 조금 힘이 들기는 했지만 직접 사냥해서 얻은 것들이라 돈은 들지 않았다.

그리고 마법진을 그리는 데 들어간 마나석 또한 한강 몬스터 필드에 나가 머드맨을 사냥하고 얻은 것이었기에 한강까지 가는 기름 값만 들었다.

그다음은 모두 자신의 인건비인 셈이었다.

그런데 현재 팔찌 두 개의 호가가 1,500만 달러를 넘겼으니, 개당 80억 원이 넘어가고 있는 것이었다.

더 오르면 100억 원도 넘길 것 같았다.

'이거 이대로 둬도 되나?'

재식은 순간 걱정이 되었다.

너무나도 터무니없는 가격으로 올라갔기 때문이었다.

그 때문에 혹시나 기가스의 심장처럼 거래 취소가 되는 것은 아닌가 하는 걱정이 들었다.

'이러다 이것도 기가스의 심장처럼 거래가 취소되는 것

은 아닌가 모르겠네.'

재식의 걱정과는 아랑곳없이 실드 마법 팔찌의 호가는 계속해서 올라가 급기야 2천만 달러까지 이르렀다.

하지만 2천만 달러의 호가가 불렸음에도 처음 1천만 달러를 불렀을 때와 같이 열기는 식지 않고 계속 올라가고 있었다.

보통 경매에 같은 물건이 올라오면 경매 가격은 상대적으로 낮아진다.

그런데 이 실드 마법 팔찌의 경우에는 이를 낙찰 받으려는 사람들이 판단하기에 성능이 좋아도 너무 좋았다.

이러한 판단의 기준은 기존에 나왔던 아티펙트들의 성능이었다.

보통 방어형 아티펙트는 던전에서 많이 발견되고 있었다.

그럼에도 불구하고 방어형 아티펙트가 비싸게 팔리는 것은 바로 주인의 생명을 지켜준다는 점에 있었다.

무기야 성능이 조금 떨어져도 다른 대체재가 있지만 방어형 아티펙트의 경우에는 성능이 조금만 높아도 무기와는 다르게 가격이 기하급수적으로 높아졌다.

이것은 무기는 주인의 생명을 지켜 주지 못할 수도 있지만, 방어구 또는 방어형 아티펙트는 생명을 지켜 주기 때문이었다.

하지만 대부분의 아티펙트는 소모품이었다.

아무리 비싸도 사용 횟수에 제한이 있어서 사용 한도를 넘기면 장신구에 지나지 않았다.

그 때문에 자가 수복이나 자가 충전을 하는 아티펙트의 경우에는 최상급으로서 구하기가 아주 힘든 물건이었다.

또한 지금까지 발견된 자가 충전이나 자가 수복을 하는 아티펙트의 경우에는 사용자의 생체 에너지를 대가로 충전이나 복구가 되었다.

그런데 오늘 경매로 나온 팔찌는 그렇지 않았다.

그냥 놔두기만 하면 알아서 충전이 되는 것이다.

그러니 경매 호가가 천정부지로 오르는 것은 당연한 일이었다.

그런데 호가가 2천만이 넘어가자 많은 참가자들이 떨어져나가기 시작했다.

아티펙트를 사려고 이곳에 오기는 했지만 설마 이렇게 엄청난 물건이 나올 줄은 예상하지 못했기 때문이었다.

그 때문에 2천만 달러 이상을 가지고 한국으로 들어온 사람은 별로 없었다.

"2,500만 나왔습니다. 2,500만 이상 부르실 분 더 안 계십니까?"

딜러는 흥분된 목소리로 호가를 불렀다.

딜러가 이렇게 흥분한 이유는 다른 것이 아니라 인센티브 때문이었다.

경매 물품의 낙찰가가 높으면 높을수록 경매 회사뿐만 아니라 딜러도 낙찰 가격에 비례해 인센티브가 높아진다.

그러니 2,500만 달러까지 치솟은 경매 가격에 흥분하는 것이었다.

'헐! 겨우 실드 마법 팔찌 정도에 저런 엄청난 가격이라니……. 만약 부모님께 드린 배리어 마법 팔찌였다면 도대체 얼마나 됐을지 상상조차 되지를 않네.'

경매를 지켜보던 재식의 입장에서는 자신이 내놓은 물건이 비싸게 팔리는 것은 좋았지만, 생각하면 할수록 너무도 황당한 일이었다.

경매를 지켜보는 재식으로서는 경매란 도깨비장난과도 같았다.

불과 몇 년 전, 아니, 작년 초 중반까지만 해도 아버지의 치료비가 없어서 전전긍긍하던 자신이었다.

그런데 도움을 주었던 고마운 사람들에게 선물용으로 만들어주었던 실드 마법 팔찌가 몇 백억 원에 판매가 되는 것에 기함하지 않을 수가 없었다.

'심장 문제만 해결되면 몬스터 사냥을 할 것이 아니라 그냥 아티펙트나 만들어 팔까?'

경매를 지켜보던 재식은 순간 그런 생각이 들었다.

굳이 위험하게 몬스터를 상대할 것이 아니라 아티펙트만 만들어 팔아도 충분할 것 같았다.

'아니야!'

하지만 그것도 잠시, 재식은 고개를 흔들며 생각을 접었다.

어스 드레이크 오마르의 유전자와 합성되는 과정에서 읽었던 오마르의 기억 속에서 재식은 엄청난 것을 보았기 때문이었다.

몬스터는 단순히 차원 게이트가 나타나면서 아무런 이유도 없이 지구로 오는 것이 아니었다.

그것들은 계획적으로 지구를 정복하기 위해 침공을 하고 있었다.

다만, 무슨 이유에서인지는 모르겠지만 바로 넘어오지 못하고 게이트란 곳에서 일정시간 대기를 해야만 했다.

그리고 힘이 강한 몬스터일수록 차원 게이트에서 대기하는 기간이 길었는데, 아마도 이계에서 가지고 있던 강력한 힘을 지구에 온전히 가져오기 위해 적응 기간을 갖는 것 같았다.

그런데 강제로 게이트 브레이크가 발생하게 되면 제대로 힘을 회복하지 못한 상태에서 지구로 넘어오게 되는 것이다.

그랬기에 위험 등급 7등급의 보스 몬스터인 오마르가 제대로 힘을 수습하지 못한 채 헌터들과 싸우게 되었고, 그랬기에 큰 피해 없이 레이드에 성공할 수 있었다.

재식은 오마르에게 지시를 내리던 그 끝이 보이지 않던 의문의 존재를 떠올리고는 저도 모르게 온몸이 굳어졌다.

이는 재식이 흡수한 어스 드레이크 오마르의 유전자 깊숙한 곳에 기억된 의문의 존재에 대한 두려움 때문이었다.

＊　　　＊　　　＊

"스페셜 상품인 자가 충전 실드 팔찌 한 쌍은 낙찰가 2,755만 달러를 부르신 128번 참가자께 낙찰되었습니다."

딜러는 실드 마법 팔찌의 낙찰자를 호명하며 경매의 열기를 북돋았다.

와아!

와아아아!

짝! 짝! 짝! 짝!

마지막 경매 물품의 경매가 끝나자 사람들은 자리에서 일어나 마지막 물건의 주인을 향해 축하의 박수를 보내주었다.

그런데 실드 마법 팔찌의 낙찰자를 축하해주던 분위기는 딜러의 한마디에 순간 멈출 수밖에 없었다.

"잠시, 잠시만 안내 말씀 드리겠습니다."

딜러는 마지막 경매 물품인 실드 마법 팔찌의 경매를 마치고 파장 분위기가 된 경매장 상황을 진정시키기 위해 마이크에 대고 말했다.

"경매 상품 21번의 경매 취소로 인해 불편을 드린 것에 대한 사과의 의미로, 저희 헌터 코리아 옥션에서 긴급하게 스페셜 아티펙트를 전격 경매에 올리기로 리처드 막스 총괄 지배인께서 결정하셨다는 전언입니다."

웅성! 웅성!

분명 오늘 경매 상품으로 나온 아티펙트는 방금 전에 딜러가 언급한 21번 상품인 기가스의 심장을 빼고는 모든 경매가 끝난 것이었다.

그런데 이곳 헌터 코리아 옥션의 총괄 지배인의 이름으로 조금 전에 경매가 끝난 스페셜 에디션 외에 또 다른 스페셜 에디션을 경매로 내놓겠다는 말에, 경매장 내에 있던 참가자들은 너무 놀라 주변에 있던 사람들과 웅성거리기 시작했다.

아무리 헌터 코리아 옥션이 세계 경매 시장을 주도하는 헌터 옥션의 한국 지부라고는 하지만 스페셜 에디션이라는 이름을 걸고 경매를 하는 것은 분기에 하나가 있을까 말까 한 일이었다.

에디션이란 말 자체가 특별하다는 뜻을 포함한 단어인데, 그 앞에 다시 한 번 특별함을 언급하는 스페셜이란 단어까지 써가며 부른다는 것은 조금 전에 자가 충전형 아티펙트처럼 아주 특별한 물건이라는 소리다.

그리고 그에 버금가는 물건이 또 하나 더 있다는 것도 놀라운데, 예정에도 없던 경매를 하겠다는 것은 더욱 놀라운 일이었다.

경매 회사는 절대로 상품 경매를 이런 식으로 하지 않는다.

경매 물품의 낙찰 가격이 높게 책정되어야 경매 회사는 그에 따른 경매 수수료를 높게 받을 수가 있다.

그렇기 때문에 스페셜 에디션이라고 이름 붙여진 물품은 절대로 한 경매에 두 개를 내놓지 않는다.

그런데 무슨 이유에서인지 오늘 헌터 코리아 옥션은 여러 가지로 이슈를 만들고 있었다.

"이 스페셜 에디션은 그동안 나온 어떤 아티펙트보다도 더욱 특별할 것임을 본 딜러의 명예를 걸고 여러분께 자신 있게 말씀드리겠습니다."

딜러는 자신의 말에 어리둥절해 하며 쳐다보는 참가자들에게 마치 웅변이라도 하듯 힘주어 이야기했다.

"그럼 바로 경매를 시작하겠습니다. 지금까지 세계 어느 곳에서도 나오지 않았던, 진정한 스페셜 아티펙트를 소개하겠습니다."

짜자잔!

딜러의 말이 끝나기 무섭게 마치 효과음처럼 스피커를 통해 음악 소리가 들렸다.

그리고 여섯 명의 보안 요원이 둘러싼 철통같은 보안 속에서 가로X세로X높이 각각 50㎝의 정사각형 투병 케이스에 담긴 물건이 단상으로 들어왔다.

물건은 지금까지 경매 물건으로 나온 아티펙트들이 검은 벨벳으로 감춰진 채 나온 것과는 다르게 투병 케이스에 담겨 나왔다.

상자 안에 담긴 40㎝ 정도의 작은 막대 모양의 그것은 사선으로 받침대에 기울어진 채 고정되어 있었다.

그리고 한쪽 끝에는 엄지손톱 크기의 큼지막한 붉은 보석이 박혀 있었다.

웅성! 웅성!

투명 케이스에 담긴 짧은 막대 모양의 아티펙트를 본 사람들은 영롱한 붉은 빛을 뿌리고 있는 보석과 유려하게 뻗어 있는 나무 손잡이의 모습에 시선을 빼앗겼다.

"이번 스페셜 에디션은 바로 각성 헌터들에게는 신세계를 선보일 그런 아티펙트입니다."

딜러는 은근슬쩍 조금 전에 실드 마법 팔찌를 놓친 세계 유수의 헌터 길드에서 나온 사람들 쪽을 쳐다보며 이야기를 했다.

간접적으로 각성 헌터에게 필요한 아티펙트란 것을 알린 것이었다.

이런 딜러의 노력이 통한 것인지 오늘 경매의 마지막 상품이었던 실드 마법 팔찌를 낙찰 받지 못해 낙심하고 있던 헌터 길드와 관계된 이들의 시선이 단상 위에 놓인 상자 안의 완드로 집중됐다.

"이 상품을 소개하자면, 손잡이 부분과 상단의 보석까지의 총 길이는 46.8㎝이며, 상단에 박힌 붉은 보석은 보시는 것과 같이 상급 루비입니다."

장식품처럼 나무 손잡이 상단에 박힌 보석이 루비임을 강조한 딜러는 잠시 뜸을 들이다가 다시 완드에 대한 설명을 이어갔다.

"루비를 중심으로 유려한 문양이 뻗어 있고, 쭉 내려와 손잡이 부분까지 이어져 있습니다. 보시다시피 보는 것만으로도 아름다운 예술품을 대하는 것 같지만, 사실 이것의 특별한 점은 다른 것이 아니라 각성 헌터의 능력을 증폭시켜 준다는 점에 있습니다."

꽈광!

딜러의 설명을 듣고 있던 참가자들은 딜러의 말이 끝나지도 않았는데 머릿속에 마치 폭탄이 터진 것 같은 충격을 받았다.

방금 전 딜러의 설명대로라면, 저 막대 모양의 아티펙트는 단순하게 방어막을 형성한다거나 불을 뿜는다거나 하는 아티펙트가 아니라 무려 헌터의 능력을 증폭시켜 주는 것이었다.

"증폭률은 무려 300%나 된다고 합니다. 즉, 말하자면 1/3의 에너지만 사용해도 평소와 같은 위력을 발휘할 수 있으며, 그 말은 헌팅 시간이 세 배로 늘어난다는 이야기입니다. 그뿐만 아니라……."

"헉!"

"어떻게 그런……."

딜러의 설명을 듣고 있던 참가자들은 도저히 믿을 수 없는 엄청난 말에 깜짝 놀라 할 말을 잊었다.

"만약 사냥 시간을 오래 지속할 필요가 없어서 평소와 같이 에너지를 충분히 주입하고 능력을 사용한다면, 그만큼 위력이 증폭된다고 합니다."

연이은 딜러의 설명이 있자 장내는 더욱 고요해졌다.

"각성 헌터라면 누구나 사용이 가능한 것이지만, 이 정도 능력을 가진 아티펙트라면 최상급의 헌터가 지녔을 때 어떤 위력을 발휘할지, 저로서는 감히 상상이 되지 않는군요."

이제 막 각성한 헌터가 사용해도 충분히 좋은 위력을 발휘할 수는 있겠지만, 만약 최상급 그러니까 6등급 헌터나 7등급 헌터가 저 아티펙트를 사용한다면 어떻게 되겠는가?

만약 그렇게 된다면 S급 헌터가 없더라도 재난이라고 불리는 위험 등급 6등급의 보스 몬스터나 7등급 몬스터에게도 충분한 대미지를 입힐 수 있을 터였다.

이러한 생각을 가진 참가자들은 급격히 흥분을 하기 시작했다.

'저거다.'

'저 아티펙트만 가져가면 최소한 다섯 배 이상으로 이득을 볼 수 있다.'

헌터가 아닌 경매 참가자들도 그러한 생각을 하며 재식이 내놓은 또 다른 아티펙트인 완드를 낙찰받기 위해 경매에 뛰어들었다.

경매 참가자들이 마력 증폭 완드에 관심을 가질 때, 재식은 조용히 자리에서 일어나 경매장 밖으로 나갔다.

*　　　*　　　*

밖으로 나온 재식은 근처에 있던 헌터 코리아 직원을 찾아 총괄 책임자인 리처드 막스의 행방을 물었다.

"미스터! 잠시 실례하겠습니다."

"네, 무엇을 도와드릴까요?"

직원은 재식이 자신을 부르자 얼른 재식에게 다가가 물었다.

"혹시 총괄 책임자인 리처드 막스 씨가 어디 계신지 알 수 있겠습니까?"

"네? 무슨 이유로……."

재식이 최고 책임자인 리처드 막스를 찾자 직원은 무슨 일로 그를 찾는 것인지 물었다.

"네, 제가 이번 경매에 참여한 것은 한 가지 물건 때문입니다. 그런데 어떤 이유에서인지는 몰라도 그 물건에 대한 경매가 취소되었습니다."

기가스의 심장을 구입하기 위해 실드 마법 팔찌에 대한 경매일도 늦추고, 또 높아진 호가로 인해 부족할지도 모르는 구입금액을 맞추기 위해 헌터 협회에만 납품을 했던 마력 증폭 완드까지도 하나 경매에 내놓았다.

그런데 결과적으로 재식이 구입하려던 기가스의 심장은 경매가 취소되어 버렸다.

재식은 그 때문에 경매가 취소된 기가스의 심장이 어떻게 처리될 것인지를 물어보고 자신이 구입할 수 있으면 바로 구입을 하고 싶어 경매장을 나와 리처드 막스 총괄 책임자를 찾은 것이었다.

"그 문제라면……."

재식의 말을 듣고 직원은 무전기를 이용해 리처드 막스에게 문의를 했다.

재식이 그를 찾는 이유에 대해서도 낮은 목소리로 이야기를 하며 어떻게 할 것인지 물었다.

통화를 마친 직원이 재식을 돌아보며 말했다.

"저기 보안 직원을 따라가시면 총괄 책임자에게 안내해

드릴 것입니다."

재식과 대화를 하던 직원은 이 자리에서 벗어날 수가 없어서 근처에 있던 보안직원 중 한 명에게 수신호를 보낸 후 작은 목소리로 리처드 막스 총괄 책임자에게서 들었던 지시를 그대로 전달했다.

"따라오십시오."

직원과 이야기를 끝낸 보안직원은 재식에게 그렇게 이야기를 하고는 대답도 듣지 않고 어딘가로 향했다.

그가 향한 곳은 조금 전 쉬는 시간에 갔던 리처드 막스의 사무실이 아닌 경매장 뒤편의 어떤 방이었다.

그곳에서는 리처드 막스는 물론이고, 몇몇 사람들이 커다란 창을 통해 경매장을 내려다보고 있었다.

'이런 곳이 있었구나!'

리처드 막스와 함께 경매장을 내려다보고 있는 사람들은 재식이 보기에 모두가 헌터인 것처럼 보였다.

느껴지는 감각으로 실력을 가늠해본 결과, 실력이 거의 헌터 협회 직할대인 팀 유니콘의 제5전대장인 최수연이나 부전대장인 권인하와 비슷하거나 조금 떨어지는 듯했다.

사실 최수연 정도면 상당한 실력을 가진 헌터라 할 수 있었다.

그러니 팀 유니콘에서도 전대장 역할을 맡고 있는 것이었다.

그런데 이곳에는 최수연이나 권인하와 버금가는 헌터가 한두 명도 아니고 무려 여덟 명이나 자리하고 있었다.

재식은 잠시 그들을 바라보다가 고개를 돌려 리처드 막스에게 향했다.

"어서 오십시오, 미스터 정!"

리처드 막스는 불과 몇 십분 전에 재식과 이야기를 나눴으면서도 반갑게 그를 맞아 주었다.

"그래, 기가스의 심장에 대해 이야기를 하고 싶으시다고요?"

재식이 무엇 때문인지는 모르지만 기가스의 심장에 대해 무척이나 욕심을 내고 있음을 익히 눈치 채고 있던 그는 눈을 반짝이며 물었다.

"네, 그렇습니다. 그것 때문에 전 계획에도 없던 아티펙트 하나를 더 경매에 내놓았습니다."

재식은 솔직하게 대답을 했다.

굳이 자신의 성향과는 맞지 않게 이야기를 빙빙 돌려서 말을 하고 싶지가 않아서 단도직입적으로 대답을 한 것이었다.

"경매 취소가 된 기가스의 심장을 구하고 싶은데, 어떻게 하면 되겠습니까?"

"흐음, 미스터 정이 원한다면 경매가 아니라 바로 판매를 할 수도 있습니다. 이는 기가스의 심장을 저희 헌터 옥션에 내놓은 고객과 이야기가 된 것입니다. 다만, 가격이 좀 비쌉니다."

리처드 막스는 오늘 경매 물품 중 21번째 물건인 기가스의 심장이 이상과열 현상을 벌이자 얼른 경매 취소 결정을 내렸다.

그리고 기가스의 심장에 대한 경매가 취소되면 재식이 자신을 찾아올 것도 예상하고 있었다.

실제로도 스페셜 에디션인 마력 증폭 완드의 경매가 시작되기 무섭게 중간에 경매장을 빠져나와 자신을 찾아오지 않았는가. 사실 리처드 막스는 사전에 기가스의 심장을 재식에게 경매가 아니라 바로 판매를 할 수도 있었다.

하지만 그렇게 하지 않은 것은 자신이 책임지고 있는 헌터 코리아 옥션에 재식이 엄청난 물건을 한 개도 아닌 두 개나 경매에 내놓았기 때문이었다.

어떻게 구한 것인지는 알 수 없지만 그 한 쌍의 아티펙트 팔찌는 그에게 더 높은 곳으로 오를 수 있는 기회를 주었다.

그 때문에 리처드 막스는 너무 터무니없는 가격에 판매하기보다는 경매를 통해 적당한 가격을 통해 재식에게 주려고 했다.

재식이 필요로 하는 기가스의 심장은 솔직히 현재로서는 장식품에 지나지 않았다.

그러니 경매를 통한다 해도 이전 뉴욕 경매장에서 나온 470만 달러에서 플러스 마이너스 십만 달러 정도면 낙찰이 될 것이라 예상했다.

그런데 예상은 크게 빗나갔다.

중국인 하나가 재식을 따라 마구 호가를 부르기 시작한 것이었다.

경매 초보인 재식은 자신이 구해야 할 물건이었기에 계속해서 중국인보다 더 높은 가격을 부르고 있는 것이었지만 그 중국인은 일부러 재식을 골탕 먹이기 위해 호가를 부르고 있었다.

기가스의 심장을 경매에 내놓은 원 주인이 요구한 직거래 가격은 뉴욕 경매장에서 나왔던 기가스의 심장 낙찰 가격인 470만 달러보다 10% 더 높은 가격이었다. 그는 그것만 지불하면 경매 없이 판매를 해도 괜찮다는 조건을 걸었다.

직거래 가격을 겨우 10%만 올린 것은 원 주인도 기가스의 심장에 대한 용도가 장식품이란 것을 잘 알고 있기 때문이었다.

다만, 자존심 때문에 직거래 가격으로 이전 낙찰가보다 10% 높은 가격을 책정한 것이었다.

그런데 호의를 베풀어 보다 낮은 가격으로 낙찰 받을 수 있도록 해주기 위해 경매에 내놓은 것이 엉뚱하게도 배 이상 비싼 가격에 낙찰을 받게 만들어 버렸다.

이는 고객을 속인 것이나 마찬가지였다.

물론 이러한 사정을 모르던 재식으로서는 어쩔 수 없이 자신이 부른 호가에 그것을 사야만 할 터였다.

하지만 리처드 막스는 이로 인해 나중에라도 문제가 발생할 수도 있고, 또 자가 충전형이라는 최고의 아티펙트 한 쌍을 경매에 내놓은 것은 물론이고, 그보다 더 엄청난 물건인 마력 증폭형이라는 지금까지 듣도 보도 못한 아티펙트까지 하나 더 내놓은 재식과 좋은 인연을 맺어두는 것이 좋을 것이라는 판단이 들었다.

그래서 그는 재식이 돌아가기 무섭게 지시를 내려 기가스의 심장에 대한 경매를 취소시킨 것이었다.

물론 이것은 어떻게 보면 리처드 막스의 월권일 수도 있었고, 또 헌터 옥션에 물건을 맡긴 고객에 대한 기만행위라 할 수도 있었다.

하지만 리처드 막스로서는 지금은 이런 것을 감내하고서라도 재식을 붙잡아야 한다는 생각이 들었다.

기가스의 심장을 맡긴 원주인에게는 직거래 가격 정도로 맞춰주고 경매 수수료를 받지 않는 선에서 일을 마무리 한다면 그 고객도 이해할 터였다.

그리고 가장 우려가 되는 것은 헌터 옥션의 운영진이 어떻게 생각하느냐인데, 그는 이 또한 걱정하지 않았다.

지금까지의 상황을 그대로 보고한다면 충분히 넘어갈 수

있는 일이기 때문이었다.

막말로 마지막에 재식이 내놓은 마력 증폭 완드는 기가스의 심장으로 받을 수 있는 수수료보다 더 많은 이익을 헌터 코리아 옥션에 가져다 줄 터였다.

지금도 경매장에서는 마력 증폭 완드의 경매가가 사상 최고가를 경신하고 있었다.

[5,900만, 5,900만 나왔습니다. 더… 6천만, 6천만 나왔습니다.]

마력 증폭 완드는 벌써 6천만 달러라는 어마어마한 금액이 호가로 불리고 있었다.

그런데 현재 경매 호가 단위는 이전의 아티펙트들의 십만 단위가 아닌 그 열 배인 1백만 달러, 한화로 치면 12억 원이었다.

팻말 한 번 올릴 때마다 12억 원씩 가격이 올라가는 것이다.

그러니 리처드 막스의 입장에서는 이보다 좋을 수가 없었다.

"517만 달러라면 즉시 구입이 가능합니다."

"아니, 그게 정말입니까?"

"네, 맞습니다. 원래부터 그 가격이면 경매에 들어가지 않고 바로 구입이 가능했는데, 조금이라도 고객님께서 더 싸게 구입하시라고 경매에 올린 것인데……."

리처드 막스는 이야기를 하면서 살짝 고개를 숙여 사과를 했다.

한편, 그의 이야기를 들은 재식은 실소가 나오는 것을 억지로 참았다.

그는 호의로 그런 것인데, 경매에 대해 전혀 모르던 자신이 기가스의 심장에 대한 가격을 올려 버린 것이기 때문이었다.

그나마 리처드 막스가 중간에 경매 취소를 했기에 사실상 싸게 살 수 있게 되었으니 재식으로서는 화를 낼 이유가 없었다.

그리고 어찌 되었든 자신이 내놓은 아티펙트들은 예상보다도 훨씬 높은 금액으로 거래가 되었다.

설마 3클래스의 실드 마법 팔찌 두 개가 그 정도 높은 가격에 낙찰이 될 줄은 예상하지 못했다.

또한 돈이 부족할지도 모른다는 생각에 올린 마력 증폭 완드도 그렇게까지 엄청난 가격으로 치솟을 줄 몰랐다.

"그럼 그렇게 처리해주십시오."

"알겠습니다. 그럼 마력 증폭 완드의 경매가 끝난 후의 금액과 자가 충전 팔찌 한 쌍의 가격에서 기가스의 심장 구매가격과 거래 수수료를 뺀 남은 금액은 어떻게 하겠습니까?"

리처드 막스는 거래 후 남은 금액에 대해 어떻게 해주었으면 하는 지를 물었다.

그런 리처드 막스의 질문에 재식은 한참을 고민했다.

정체를 숨기기 위해 변장을 했는데, 바로 자신의 은행 계좌를 알려주면 정체가 탄로 날 것이기 때문이었다.

재식이 말이 없자 리처드 막스는 얼른 재식의 고민을 눈치 채고는 제안을 했다.

"저희 헌터 옥션에서 운영 중인 가상 계좌가 있는데, 이용하시겠습니까? 가상 계좌를 하나 개설하고 운영하는 데드는 수수료가 1년에 1백만 달러로 높기는 하지만, 비밀은 철저히 보장됩니다."

재식과 같이 경매로 일확천금을 얻은 사람들은 국가에 엄청난 세금을 내야만 했다.

무려 45%나 되는 무지막지한 금액이었다.

그 때문에 어떻게 해서든 세금을 덜 내기 위해 온갖 방법을 동원했다.

그중에 한 가지를 지금 리처드 막스가 제안한 것이었다.

"좋습니다."

재식은 이것이 불법임을 알면서도 리처드 막스의 제안을 받아들였다.

솔직히 자신이 만든 아티펙트가 이렇게 비싼 가격에 팔릴 줄은 예상하지 못했다.

헌터 협회의 의뢰를 받아 헌터 협회에 넘겨준 300개의 아티펙트에는 실드 마법 팔찌와 마력 증폭 완드, 그리고 여기 경매에는 나오지 않았지만 버프형 팔찌도 있었다.

이 모든 것을 경매에 올렸다고 생각하면, 세금으로 거둬들이는 국가 예산을 훌쩍 뛰어넘는 금액이었다.

그러니 이 정도 불법은 저질러도 괜찮을 거라 생각한 재식이었다.

9. 신체 업그레이드

헌터 코리아 옥션에 재식이 경매로 올린 실드 마법 팔찌 두 개와 마력 증폭 완드 하나는 각각 2,755만 달러와 8,320만 달러에 낙찰이 되었다.

그로 인한 총금액은 1억 75만 달러였고, 경매 수수료 10%와 원천납부 세금 3%를 지불하고 수중에 들어온 총 수익금은 8,795만 4,750달러였다.

원화로 환산하면 무려 천억 원이 넘어가는 천문학적인 금액이었다.

이렇게 한 번의 경매로 인해 자신의 몸을 업그레이드 할 수 있는 재료와 자금까지 확보하게 되자 재식의 행보는 빨라졌다.

사실 재식이 헌터 협회에서 제작 의뢰한 아티펙트를 제작하면서 불량이 나온 것을 개량하여 옥션에 올렸던 이유는 처음에는 조금 더 재산을 불리기 위해서였다.

아무리 자신이 뛰어난 헌터라고는 하지만 이번 사고처럼 몬스터 헌팅은 무척이나 위험한 일이었다.

또 이번에 잡은 어스 드레이크보다 더 강한 몬스터가 있음을 알게 된 뒤로는 혹시나 자신이 잘못되었을 때, 남은 가족들을 위해 그리고 부상으로 더 이상 헌터 일을 하지 못하게 되었을 때를 대비해야만 했다.

그런데 향상된 신체 능력을 시험하기 위해 나갔던 몬스터 헌팅에서 재식은 자신의 신체가 불균형하다는 것을 깨닫게 되었다.

그래서 궁리 끝에 자신의 신체가 불균형한 것은 신체와 마력의 불균형에서 일어난 현상임을 깨닫고는 이를 해결하기 위한 연구를 했다.

그러다 알아낸 사실은 별 것이 없었다.

챠콥이 자신의 심장을 개조하면서 그 실험이 성공하였을 때 하려던 심장 이식을 그대로 하면 되는 일이었다.

다만, 현재 어스 드레이크 오마르의 유전자를 흡수해 업그레이드 된 신체에 마력을 골고루 전달해줄 정도로 강력한 마력과 힘을 가진 심장이어야만 했다.

그러다 보니 일반적인 심장으로는 감당할 수가 없었다.

그래서 몬스터의 심장을 대체재로 분류하여 인간의 심장과 가장 비슷한 것을 찾아보았다.

그리고 찾아낸 것이 오크의 심장이나 트롤, 오거의 심장 등이었다.

모두 인간형 몬스터로 심장이 인간과 매우 흡사한 모양을 하고 있는 것들이었다.

하지만 오크의 심장은 현재 몬스터의 여러 유전자로 인해 강해진 재식의 심장보다 마력이나 힘에서 떨어지는 것이었다.

혹시 오크 로드의 심장 정도라면 모르겠지만, 아무튼 오크의 심장은 후보 중에 가장 먼저 탈락했다.

그래서 다음 순위로 올라온 것은 트롤의 심장이었다.

트롤의 심장은 인간이나 오크의 것보다 20%정도 더 컸다.

크기 면에서는 재식이 원하는 크기였고 마력도 품고 있고, 또 부수적으로 신체 재생 능력이 있는 혈액을 생성한다는 메리트가 있었다.

그렇지만 트롤의 심장 또한 후보에서 탈락됐다.

그 이유는 바로 트롤의 심장 박동 수가 인간에 비해 절반 정도로 낮다는 것이었다.

인간보다 덩치가 큰 트롤임에도 심박동 수가 느린 것에는 이유가 있는데, 그건 바로 트롤의 심장과 연결된 혈관들의 굵기가 인간에 비해 세 배나 더 굵기 때문이었다.

그러다 보니 한 번의 박동으로 많은 혈액을 공급할 수가 있어서 심장이 빠르게 뛸 필요가 없었다.

하지만 재식의 신체는 그러지 않았다.

아무리 몬스터 유전자의 좋은 점을 흡수해 진화를 하고 있다고는 하지만, 기본 베이스가 인간이다 보니 그 틀 안에서 신체가 진화를 하는 것이다.

그 때문에 트롤의 심장도 아깝게 탈락했다.

다음 순위로 거론된 것이 오거와 사이클롭스의 심장이었다.

그렇지만 두 몬스터의 심장은 재식이 이식을 받기에는 너무도 거대했다.

물론 마법을 이용해 심장을 축소할 수는 있겠지만 그렇게 했다가는 강력한 심장의 펌프질로 인해 재식의 혈관이 남아나질 못할 터였다.

그도 그럴 것이, 오거의 심장이나 사이클롭스의 심장은 트롤과는 다르게 무척이나 빠르고 힘차게 뛰었다.

트롤은 심장이 재생력이 있는 혈액을 신체 모든 부위에 전달하기 위해 혈관이 굵게 진화하고 그로 인해 혈액이 천천히 흐르는 것과는 달리 오거나 사이클롭스의 심장은 강력한 두 몬스터가 최고의 근력을 낼 수 있도록 근육에 보다 많은 산소를 공급하는 방향으로 진화했다.

그러다 보니 보다 많은 산소를 가지고 근육 세포에 보다 빠르게 전달하기 위해 오거나 사이클롭스의 심장은 엄청나게 두꺼운 근육으로 덮여 있었다.

그 때문에 인간의 크기에 맞춰 축소마법을 걸게 되면 심혈관이 줄어들게 된다.

그렇게 되면 강한 심장의 펌프질로 압축된 혈액이 마치 철판을 자르는 기구인 워터제트마냥 빠르게 분사 되어 혈관을 찢어버릴 터였다.

이러한 이유로 오거나 사이클롭스의 심장도 안타깝게 탈락했다.

만약 재식이 인간이 아닌 보다 강력한 신체를 가진 존재였다면 충분히 도전해볼 일이었지만 인간의 신체로는 받아들일 수 없을 정도여서 탈락한 것이었다.

그러다 보니 강력하면서도 트롤의 심장처럼 안정적으로 마력을 신체에 공급할 수 있는 심장을 찾게 되었다.

그렇게 오랜 시간 몬스터의 목록을 찾던 중, 재식은 오거만큼은 아니지만 아주 특별한 몬스터가 있음을 알게 되었다.

그 몬스터는 바로 기가스였다.

다른 이름으로는 기간테스라고도 하는 몬스터 종의 한 부류였다.

그리스 신화에 나오는 시간의 신인 크로노스가 아버지 천공의 신 우라노스를 폐하고 왕좌를 차지한 뒤 더 이상 자신의 왕좌를 위협할 만한 형제가 태어나지 못하게 우라노스의 성기를 거세하자 그 거세된 피에서 태어난 존재가 기간테스였는데, 단수형으로 부를 때는 기가스라고도 한다.

그런데 이런 기가스와 같은 이름을 가진 몬스터가 존재하고 있었다.

그리스 신화에 나오는 기간테스에 비하면 현격한 차이를 보였지만 어찌 되었든 이 기가스라는 몬스터도 상당히 강력한 몬스터이면서 또한 지능도 상당히 높은 몬스터인지라, 헌터들에게 잘 잡히지도 않고 또 한 번 나타나면 많은 피해를 입혔다.

그 때문인지 재식이 찾아본 정보에 의하면 대격변 이후로 기가스를 사냥했다는 정보가 딱 두 번 뿐이었고, 그중 재식이 필요로 하는 기가스의 심장은 몬스터의 신체를 수집하는 수집가들에게 각각 430만 달러와 470만 달러에 낙찰되었다는 것을 알게 되었다.

그러한 정보를 알아낸 재식은 기존에 가족을 위해 재산을 증식하는 것에서 방향을 선회해 자신의 신체를 정상으로 돌리기 위한 연구비 확보를 우선시하기로 했다.

차콥이 했던 연구에서 조금 더 확대된 연구일 뿐이었기에 심장 이식에 대한 연구는 빠르게 진척되었다.

더욱이 심장 이식은 지구에서도 이미 오랜 연구 끝에 보편화된 시술이었기에 두 방법을 적절히 혼용하면 최적의 심장 이식 시술법을 만들어 낼 수 있었다.

방법을 찾아낸 뒤로 재식이 한 일은 자신의 심장을 업그레이드 할 재료를 구하는 것과 안전한 시술을 위한 장소와 시술할 장비 그리고 시술이 끝나면 빠르게 회복할 수 있는 회복 캡슐의 구입이었다.

그 때문에 이 모든 것을 해결하기 위해서는 많은 돈이 필요했다.

그런데 시술을 할 장소와 재료 일부는 이미 구해 놓은 상태였다.

헌터 협회로부터 아티펙트 제작 의뢰를 받았을 때, 헌터 협회장인 김중배와 마지막 협상에서 재식은 심장 업그레이드의 재료 중에 하나인 어스 드레이크 오마르의 마나 하트를 헌터 협회로부터 아티펙트 제작 의뢰 대금의 계약금으로 받았었다.

또한 시술을 하는 동안 자신의 안전을 담보해줄 장소로 재식은 일반 병원이나 연구소가 아닌 다른 장소를 선택했다.

그도 그럴 것이, 재식의 신체는 일반 헌터들과는 확연이 달랐기 때문이었다.

그렇기 때문에 만약 재식의 신체 비밀을 의사나 과학자들이 알게 된다면 분명히 뭔가 사단이 벌어질 터였다.

그러니 이 모든 것을 재식 혼자서 해야만 했다.

그래서 찾아낸 것이 재식이 발견하고 헌터 협회에 판매한, 관악산 몬스터 필드에 있는 고블린 던전이었다.

그 고블린 던전은 헌터 협회의 팀 유니콘의 제5전대가 실종된 헌터들을 찾아 나서면서 그 안에 있던 고블린들을 전멸시켜버린 곳이었다.

그리고 겨우 3등급 던전이었기에 사실 건질 것도 별로 없어 지금은 폐쇄가 된 던전이었다.

그렇기에 김중배는 아티펙트 제작 의뢰를 받은 재식이 그런 버려진 던전을 요구하자 의아한 생각이 들었다. 하지만 이미 협회의 자원개발 직원들을 동원해 샅샅이 뒤진 후였기에 재식에게 넘겨주는 것에는 망설임이 없었다.

오히려 돈이 굳었다는 생각에 재식이 말을 바꿀까봐 얼른 재식에게 넘겨주었다.

재식은 그렇게 헌터 협회로부터 넘겨받은 고블린 던전에 필요한 설비를 가져다 설치를 해두었다.

하지만 아무것도 없는 빈 던전에 필요한 설비를 갖추는 것은 여간 힘든 일이 아니었다.

우선적으로 발전 시설과 수술실, 그리고 회복실 등을 꾸려야 했는데, 사실 그동안 돈을 많이 모아 두었다고는 하지만 그 모든 시설들을 꾸리기에는 턱없이 모자랐다.

그래서 설비를 하나씩 꾸리고 있었는데, 마침 뉴스를 통해 그리스에서 기가스를 잡았다는 보도를 접하게 되었다.

이에 최수연과 제5전대에게 배리어 팔찌를 선물하면서 그것을 넘기고, 대신 이하윤과 신초롱이 가지고 있던 실드 마법 팔찌를 넘겨받아 경매에 내놓아 자금을 마련하기로 했다.

기가스의 심장을 구하기 위해 배리어 마법 팔찌를 경매에 올리는 것보다는 실드 마법 팔찌를 경매에 올리는 것이 자신의 정체를 숨기는 데 조금은 나아 보였기 때문이다.

실제로 실드 마법 팔찌만으로도 헌터 코리아 옥션의 총괄 책임자인 리처드 막스나 경매에 참석한 참가자들은 경악을 하는 수준이었다.

그 과정에서 경매에 익숙하지 못해 벌어진 실수 때문에 생각지도 못한 완드 하나를 경매에 넘기기는 했지만, 그로 인해 부족했던 자금을 확보한 것은 물론이고, 보다 더 좋은 설비들을 가져다 꾸릴 수 있게 된 것은 좋은 일이었다.

재식의 던전 꾸미기는 순조롭게 진행 되었다.

비록 아무도 모르게 비밀리에 하는 작업이라서 혼자 하고는 있었지만, 10세제곱미터의 작은 크기의 아공간을 가지고 있어서 필요한 장비들을 그곳에 넣어 가지고 고블린 던전으로 가져가 설치를 하면 되는 일이었기에 일은 생각보다

쉬웠다.

다만, 홉 고블린 챠콥이 일반 고블린에 비해 키가 크기는 했지만 챠콥이 사용하던 연구실의 높이는 그리 높지 못했다.

그 때문에 재식은 천장의 높이를 더 높이고 넓이도 더 넓혀야만 했다.

하지만 이곳에 잡혀올 때보다 월등한 신체 능력을 가지게 된 재식에게는 별로 힘들지 않은 작업이었다.

막말로 6등급 헌터일 때도 재식의 신체 능력은 불도저나 포클레인에 비견될 정도로 강력했다.

그런데 지금은 어스 드레이크의 영향으로 더욱 강한 신체 능력을 가지게 되었으니 연구실을 늘리는 것은 일도 아니었다.

더욱이 이 고블린 던전은 석회암 재질의 동굴이라 작업하기가 무척이나 편했다.

굳이 광산이나 탄광처럼 굴을 판 후 무너지지 말라고 지지대를 세울 필요도 없었다.

그그그그!

곡괭이나 삽의 날에 마법을 걸어 찍으면 석회석은 너무도 쉽게 파이고 깨져나갔다.

"이 정도면 수평이 맞겠지."

재식은 설비를 내려놓을 장소에 수평을 맞추기 위해 땅을 골랐다.

벽과 천정은 물론이고, 바닥도 석회암이었기에, 재식은 평탄 작업의 마무리로 철물점에서 사온 시멘트 흑손을 이용해 바닥을 평평하게 만들었다.

턱!

평탄 작업이 끝난 후에는 그 위에 래핑이 된 기계설비들을 내려놓았다.

자리를 잡고 아공간에서 꺼내니 작업은 너무도 쉽게 끝났다.

이렇게 기기 하나하나 자리를 잡고 배치를 하자 수술대와 관이 배치되어 있던 괴기스럽고 마치 공포영화 촬영장 같았던 챠콥의 실험실은 현대적인 수술실로 싹 바뀌었다.

"흐음, 괜찮아 보이네."

수술실을 꾸린 재식은 이제 이곳 수술실에 전력을 공급할 발전실을 만들어야 했다.

아무리 좋은 설비라 해도 그것을 움직일 전력이 없으면 아무런 소용도 없었다.

재식은 발전실 자리로 생각해둔 곳으로 향했다.

재식이 발전실로 낙점한 곳은 전에 재식이 이곳으로 실종된 헌터들을 찾으러 왔다가 다른 프리랜서 헌터들과 함께 고블린들에게 붙잡혀 감금되었던 곳이었다.

한때 고블린의 감옥이었던 이 장소는 비록 조금 전에 꾸민 수술실보다 위에 있기는 했지만 재식에게는 차라리 이게 나을 수도 있었다.

수술실 밑으로 한층 더 파서 발전실을 만들 수도 있었지만 굳이 그렇게 할 필요성을 느끼지 못했다.

그도 그럴 것이, 이곳은 예전에 고블린들이 사용하던 던전이었기에 생각보다 넓었다.

그러니 빈 공간이 아직도 많다는 소리다.

그렇기 때문에 굳이 수고를 하기보다는 기존에 있던 공간을 활용하는 것이 나았다.

*   *   *

"하아, 드디어 작업이 끝났다."

재식은 전력이 연결된 수술실 기기들을 바라보며 미소를 지었다.

신체의 비밀 때문에 다른 사람에게 대신 수술을 해달라고 할 수 없었던 재식으로서는 어쩔 수 없이 로봇 의사의 도움을 받아야만 했다.

그 때문에 이곳 수술실을 꾸리는 데 일반 시설보다 몇 배는 더 많은 돈이 들어갔다.

다행이 설치를 완료하고 전원을 연결했는데, 아무런 이상 없이 작동을 했다.

사실 혼자 작업을 한 것이었기에 혹시나 잘못된 곳은 없을까 걱정을 하기도 했었다.

그렇지만 다행스럽게도 이상 없이 연결을 했고, 작동도 정상적으로 됐다.

"후우!"

재식은 자신도 모르게 크게 한숨을 내쉬었다.

표현은 하지 않았지만 솔직히 다른 신체부위도 아니고 무려 심장이었다.

자칫 실수라도 한다면 바로 목숨을 잃을 수도 있는 주요 장기인 것이다.

그러다 보니 자신도 모르게 긴장이 되었다.

"혹시 모르니 바로 수술을 하기보다는 몬스터를 몇 마리 잡아다가 시험을 해보자!"

아무리 기계가 정상적으로 작동한다고는 하지만 괜히 걱정이 된 재식은 심장 이식 수술을 하기 전에 먼저 몬스터나 동물을 가지고 시험을 해보기로 했다.

하지만 시험에 사용할 동물을 구하는 것도 쉽지 않으니 그냥 몬스터 몇 마리를 잡아다가 시험을 하기로 한 것이었다.

*　　　　*　　　　*

크앙! 크앙!

컹! 컹!

취익! 취익!

수술실 안에는 두 마리의 다이어 울프와 두 마리의 오크가 갇혀서 울부짖고 있었다.

그것들은 두려움 가득한 눈으로 우리 밖의 수술대 위에 올려진 또 다른 다이어 울프 두 마리의 모습을 보고 있었다.

수술대 위에는 두 마리의 다이어 울프가 묶여 있는데, 그것들은 모두 죽은 것인지, 아니면 정신을 잃은 것인지 알 수는 없지만, 꼼짝도 하지 않고 있었다.

그런데 이 두 마리의 다이어 울프는 가슴 부위가 절개된 채 훤하게 열려 있었다.

그 모습을 보면 죽은 것 같았는데, 재식이 두 마리의 다이어 울프 사이에서 심장을 꺼내 무언가 작업을 하고 있었다.

그것은 바로 두 마리의 다이어 울프에게서 심장을 적출하여 이식을 하고 있는 것이었다.

참으로 쓸데없는 일이었지만, 재식에게는 무척이나 필요한 작업이었다.

지잉! 지잉!

그런데 재식의 작업을 자세히 보면 본인이 직접 이식 수술을 하는 것이 아니라 수술대 옆에 달린 컴퓨터 키보드를 두드리고 있었다.

그러면 수술대와 붙어 있는 로봇 의사가 로봇 팔을 움직여 재식 대신 수술을 했다.

타다다닥! 타다닥!

지잉! 지잉!

3D 입체 영상으로 다이어 울프의 가슴 속을 들여다보며 작업을 하는 재식의 손길은 무척이나 분주했다.

그는 비록 직접 하는 것은 아니지만 시뮬레이션으로 수십, 수백 번을 연습한 뒤에 직접 다이어 울프를 상대로 로봇 의사를 조작하여 시술을 하는 것이라 무척이나 긴장을 하며 시술을 하는 중이었다.

푸칙! 푸칙!

수술실 한쪽에서는 몸에서 심장을 분리한 상태였기에 다이어 울프의 몸에 혈액을 강제로 돌리는 인공심장이 펌프질을 하는 소리가 간간이 들렸다.

하지만 아무리 인공심장으로 몸에 혈액을 공급하고 있다고는 하지만 이런 상태로 장기간 있는 것으로는 결코 좋은 결과를 바랄 수는 없었다.

그러니 한시라도 빨리 심장 이식 수술을 마쳐야만 했다.

치지직! 치지직!

로봇 팔이 절단된 혈관을 찾아 연결을 하기 시작했다.

그런데 혈관과 혈관을 연결하는 모습은 수술할 때 사용하는 수술용 실을 이용하는 것이 아니라 마치 공장에서 용접기로 용접공이 철판을 용접하듯 혈관과 혈관을 무언가로 접합을 하고 있었다.

그러자 마치 용접으로 붙인 수도관마냥 깔끔하게 두 혈관이 연결 되었다.

'휴우, 성공이군!'

하나의 혈관을 연결한 재식은 빠른 손놀림으로 키보드를 조작해 남은 혈관을 찾아 심장 혈관과 연결했다.

그렇게 하나하나 섬세하게 혈관을 연결하면서 4시간이 흘러서야 가슴을 절개하고 심장이 적출 되었던 다이어 울프 두 마리의 심장 이식 수술이 모두 끝났다.

두 마리의 다이어 울프를 시술하는 것치고는 무척이나 짧은 시간에 심장이식 수술을 끝마친 것이었다.

"하하하!"

아무리 수백 번을 연습했다고는 하지만 단 한 번의 실습으로 성공을 한다는 것은 무척이나 어려운, 아니, 거의 불가능한 일이 아닐 수 없었다.

더욱이 재식은 심장 이식 수술을 전문으로 하는 심장의도 아니었고, 그저 챠콥의 기억과 컴퓨터 시뮬레이션을 통한 많은 연습을 통해 단 한 번 만에 어려운 심장 이식 수술을 성공한 것이었다.

하지만 재식은 자만하지 않았다.

이 심장 이식 수술의 끝은 자신의 심장을 로봇 의사를 통해 자율 시술하는 것이었기 때문이었다.

보다 정확한 데이터를 수집하기 위해 재식은 몇 번 더 심장 이식 수술을 할 예정이었다.

그러기 위해 다이어 울프를 잡아오면서 두 마리만이 아닌 시술이 실패했을 때를 대비해 두 마리를 더 잡아왔다.

그리고 다이어 울프로 시술이 완숙되었다 판단이 되면, 인체와 가장 흡사한 오크를 이용해 보다 더 정확한 데이터를 만들기 위한 시험을 하고자 오크도 두 마리 잡아다 놓았다.

크앙! 크앙!

취익! 취이익!

재식이 수술대 위에 있는 다이어 울프의 심장 이식 수술을 마친 후 자료를 정리하고 있을 때, 우리에 갇혀 있던 다이어 울프와 오크는 더욱더 두려운 눈으로 울부짖었다.

*　　　　*　　　　*

치이익! 칙익!

"휴우, 끝냈다."

성인 주먹 두 개를 겹쳐놓은 것 같은 크기의 검은 기가스의 심장, 그것은 처음 모습과 많이 달라져 있었다.

그저 검은 형태의 심장 모양이던 기가스의 심장 표면에는 은색의 기하학적 문양이 새겨져 있었다.

작업을 끝낸 재식은 기가스의 심장을 인간의 심장 크기에 맞춰 크기를 줄이기 위해 축소마법을 걸었다.

"다운사이징(축소)!"

재식은 기가스의 심장에 축소마법을 걸면서 마력을 컨트롤 했다.

자칫 작업에 실패하면 기가스의 심장 내부에 안착시킨 어스 드레이크 오마르의 마나 하트가 기가스의 심장 외부에 새겨 넣은 마법진과 제대로 된 결합을 하지 못하고 효율이 떨어질 수도 있었기에 마법진과 마나 하트의 동조율을 높이기 위해 섬세하게 작업을 했다.

"으음!"

이왕이면 좋은 재료를 사용한 거니 가장 좋은 효율이 나왔으면 하는 바람으로 재식은 온 정신을 집중해 마력을 컨트롤했다.

"휴우……."

다행스럽게도 마나 하트는 기가스의 심장 중심에 자리를 잡았다.

기가스의 심장이 정확한 구체를 이루는 것이 아닌지라 심실과 심실 사이 정중앙이 아닌, 조금 왼쪽 심실 쪽으로 치우친 상태로 자리를 잡긴 했지만, 그래도 그 위치가 심장 외부에 새긴 마법진과 가장 효율이 좋은 위치였기에 재식은 그것에 만족했다.

"이 정도면 충분히 몸 전체에 마력을 보낼 수 있고도 남을 거야!"

처음 자신의 심장을 업그레이드하는 작업에 돌입할 때 계산을 한 것보다는 약간의 오차가 있었지만, 생각보다 기가스의 심장에 담긴 마력이 많이 남아 있던 관계로 예상보다 마력의 효율이 높아졌다.

그러니 동조율이 조금 떨어지긴 해도 ± 하면 처음 계산보다 약간 더 효율이 좋을 터였다.

"후우, 이제는 진짜로 가는 거야!"

모든 준비가 끝났다.

심장 이식 수술을 할 설비와 로봇 의사도 갖춰져 있고, 또 누구의 도움 없이도 자동으로 시술을 할 수 있게 프로그램도 입력을 끝냈다.

남은 것은 이식을 할 심장이었는데, 이 또한 세팅이 끝났다.

"후우, 후우… 왜 이렇게 떨리는 거야……."

재식은 걱정과 흥분으로 심장이 두근대자 혼잣말을 중얼거렸다.

"흐음, 이왕 해야 할 일인데, 두렵다고 이대로 멈출 수는 없잖아! 재식아! 가는 거야!"

재식은 그렇게 자신에게 용기를 북돋아주며 심장 이식을 감행하기로 했다.

띠디딕!   딕!   딕!

탁!

재식은 로봇 의사에게 마지막 입력을 했다.

그러고는 상의를 벗고 수술대 위에 몸을 뉘었다.

위잉!

의자형태로 되어 있던 수술대가 뒤로 넘어가면서 평평하게 됐다.

최대한 수술에 편한 형태가 된 것이다.

텁!

쉬이익!

재식이 누운 수술대가 뒤로 뉘이며 준비가 끝나자 로봇 의사는 프로그램에 입력된 순서대로 작업을 시작했다.

그 첫 번째 작업은 산소마스크를 재식의 입에 씌우는 일이었다.

그리고 산소와 마취 가스를 혼합한 기체를 주입했다.

'걱정하지 마!'

재식은 마취가스로 인해 정신이 점점 흐려지는 것을 느끼며 속으로 그렇게 외쳤다.

치익! 치익!

위잉!

재식이 의식을 잃자 로봇 의사는 마치 기다렸다는 듯이 재식의 가슴에 알코올을 뿌리고 소독을 했다.

그다음으로 메스가 달린 팔을 들어 재식의 가슴을 절개하기 시작했다.

날카로운 메스는 재식의 피부를 가르고 또 가슴 근육을 가른 뒤 가슴뼈도 잘라냈다.

그러자 가슴뼈 뒤 안전한 곳에 놓여 있던 심장이 모습을 드러냈다.

두근! 두근!

재식의 심장은 힘찬 박동을 하고 있었다.

로봇 의사는 심장과 연결된 혈관을 잘라 수술대 한쪽 옆에 있는 인공심장에 연결했다.

치익! 치익!

인공심장은 펌프질을 하며 재식의 몸에 혈액을 돌게 했다.

그렇게 하나하나 혈관을 잘라 인공심장과 연결했던 로봇 의사는 재식의 몸에서 심장을 꺼냈다.

그리고 미리 준비해 두었던 기가스의 심장을 들어 조금 전 재식의 심장을 들어낸 자리에 가져다 놓았다.

기가스의 심장이 재식의 몸에 자리를 잡자, 이번에는 조금 전 심장에서 혈관을 잘라내 인공심장에 연결했던 순서대로 다시 기가스의 심장에 연결하기 시작했다.

치익! 치익!

위잉! 위잉!

띠! 띠! 띠! 띠!

로봇 의사는 입력된 프로그램대로 한 치의 오차도 없이 수술을 진행했다.

이것을 보면 심장 수술에 관해서는 마법사였던 챠콤보다 현대의 로봇 의사가 훨씬 더 정교하고 정확하게 수술을 하는 것이었다.

챠콤은 자신의 마력을 키우기 위해 편법을 사용했는데, 그 과정에서 여러 실험을 감행했다.

마법진의 오차로 인해 실패를 하기도 했고, 또 어떤 실험체는 마법진의 오차는 수정했지만 마지막 심장 수술에서 실패하기도 했다.

그러다 우연히 재식의 심장에 마력진을 넣고 봉합하는 데 성공을 했다.

하지만 사실 이도 완벽한 성공이라고 볼 수는 없었다.

만약 재식이 몬스터 중에 재생력이 뛰어난 슬라임 류의 하나인 메탈 슬라임의 유전자를 가지고 있지 않았다면 성공하지 못했을 것이었다.

이는 심장 수술에 대한 전반적인 기술이 뛰어나지 못한 챠콤의 한계였다.

그런데 우연이 겹치면서 마법 실험이 성공을 거두고 챠콥은 그에 힘입어 5서클에 들어섰다.

　그렇지만 호사다마라고 했던가. 챠콥은 5서클의 깨달음을 얻어 마법 실력이 월등히 올라가는 과정에서 한 순간 약점을 드러냈다.

　그리고 그 순간, 재식은 폭주를 했다.

　과도한 마력이 심장에서 쏟아지는 바람에 몸속에 숨어 있던 몬스터의 흉폭성이 터져버렸다.

　그러한 때에 가장 가까이 있던 이가 5서클의 깨달음을 정리하던 챠콥이었고, 본능에 휩싸인 재식은 그런 챠콥을 공격했다.

　이렇게 작은 차이 하나로 그렇게 원하던 5서클의 흑마법사가 되었던 챠콥은 자신에게 깨달음을 주었던 실험체(재식)에 의해 최후를 맞이했다.

　치지직! 치지직!

　기가스의 심장에 혈관 연결을 끝낸 로봇 의사는 수술을 시작하던 역순으로 절단했던 가슴뼈를 다시 위치에 올려 두고 절단 부위에 포션을 뿌렸다.

　주사기로 절단된 부위에 아주 정확하게 뿌려주자 낭비 없이 꼭 필요한 양만을 사용했다.

　그렇게 로봇 의사는 가슴뼈의 접합이 끝나자 이번에는 근육 그리고 피부순으로 근육과 피부가 틀어지지 않게 고정을 한 다음, 그 위에 포션을 뿌렸다.

이렇게 재식의 심장 이식 수술은 불과 30분 만에 수술의 흔적도 남기지 않고 끝났다.

이러한 수술을 만약 의사들이 보았다면 경악을 금치 못했을 것이다.

일반적인 심장 이식 수술도 무척이나 숙달된 의사가 몇 시간을 투자해 겨우 성공을 하는데, 재식은 너무도 쉽게 본인의 심장 이식을 셀프로 끝내 버렸다.

하지만 아직 수술이 모두 끝난 것은 아니었다.

최종적으로 재식의 마취가 풀리고 깨어나는 것까지가 이번 수술의 끝이었다.

위잉! 위잉!

수우웅!

틱!

심장이식 수술을 마친 로봇 의사는 두 팔로 재식을 안아서 수술실 한쪽 벽에 있는 회복 캡슐에 넣었다.

띠디딕! 띠디딕!

위잉!

탁!

위잉!

꾸르르르!

그러고는 회복 캡슐을 조작한 후 재식을 캡슐 안 의자에 앉히고는 다시 문을 닫고 회복 캡슐에 회복용 용액을 주입했다.

그리고 모든 작업이 끝나자 적출한 재식의 심장을 냉동캡슐에 넣고 기능을 정지시켰다.

10. 헌터 브레슬릿의 재발급

뽀그르륵!

치익!

회복 캡슐 안에 잠들어 있던 재식이 작은 움직임을 보였다.

그러자 회복 캡슐에 장착되어 있던 센서가 작동을 하더니 캡슐 안 수용액을 빼냈다.

철컥!

틱!

슈우웅!

회복 캡슐 안에 담겨 있던 액체가 외부로 배출되고 잠금

장치가 풀리면서 캡슐의 문이 열렸다.

스읙!

탁!

건조한 바람이 불자 잠에서 깨어난 재식은 용액 속에 있으면서 숨 쉬는 것을 돕기 위해 착용하고 있던 산소마스크를 떼어냈다.

"하아!"

아직 눈을 뜨지 않은 상태였지만 재식은 캡슐 밖 공기를 폐 속으로 들이마셨다가 내뱉었다.

"후후후! 성공이다."

젖은 얼굴을 한 손으로 훔치며 재식은 심장에서 느껴지는 강하게 맥동하는 심장의 울림에 입가에 미소를 지으면서 심장 이식 수술의 성공을 확신했다.

"쓰읍, 하아!"

그런데 심장 이식 수술을 성공하기는 했지만 무언가 살짝 부족한 느낌이 들었다.

재식은 그런 부족한 느낌이 어디에서 오는 것인지 찾기 위해 골똘히 생각을 했다.

'뭔가 부족한데!'

아무리 생각을 해보아도 이 느낌을 해결할 만한 어떠한 단서도 잡히지 않았다.

'분면 내가 놓친 것이 있는데, 그게 뭐지?'

궁리에 궁리를 거듭하던 중, 재식은 뭔가 자신이 잊고 있는 것이 있다는 느낌을 받았다.

그렇게 심장 이식 수술을 통해 심장에서 생산되는 마력이 온몸을 돌아 맥동하는 것을 느끼면서도 재식은 예상보다 뭔가 부족한 느낌을 해소하기 위해 고민을 해야 했다.

그러다 뭔가 생각나는 것이 있었다.

'아, 맞아! 어스 드레이크의 마나 하트가 정상이 아니라 예상보다 마력이 부족했어!'

그때에야 생각이 났다.

아티펙트 제작 의뢰비용의 일부로 받은 보상인 어스 드레이크 오마르의 마나 하트가 원래 위험 등급 7등급 보스 몬스터인 어스 드레이크 종이 가졌을 마력의 양에 턱없이 부족했다는 것을 기억해 낸 것이었다.

차원 게이트 안에서 마력을 수습하지 못한 채 강제로 게이트 브레이크가 일어나면서 지구로 넘어오게 된 어스 드레이크 오마르의 마나 하트는 제 몸을 겨우 지탱할 수 있을 정도의 마력만 가지고 지구로 나왔다.

그 때문에 마력을 적정량 흡수하기 전까지 오마르는 일반 몬스터들처럼 게이트를 벗어나자마자 난폭하게 주변에 있던 헌터들과 몬스터들을 잡아먹었다.

그리고 그렇게 잡아먹은 헌터와 몬스터를 양분으로 삼아 마력을 일정 부분 회복하고는 부족한 마력을 채우기 위해 주변을 탐색하다 몬스터 웨이브를 막기 위해 출동했던 헌터들이 모여 있는 곳으로 자리를 옮겼었다.

물론 당시에 이를 지켜보던 재식은 오마르가 무엇 때문에 이동을 한 것인지 이해를 하지 못했는데, 오마르의 피를 통해 오마르의 기억 일부를 보면서 알게 되었다.

그러한 행동이 모두 부족한 마력을 채우기 위한 일이었다는 것을 말이다.

뒤늦게 그 생각이 떠오른 재식은 예상보다 마력이 부족하다고 느끼기는 했지만 그래도 현 상태를 점검해본 결과 여섯 달 전에 옛 휴전선 인근에 갔을 때보다는 훨씬 상태가 좋았다.

좀 더 정밀한 상태 측정을 해봐야 자세한 자신의 능력에 대해 알 수 있겠지만, 어찌 되었든 기가스의 심장으로 교체한 것은 만족스러웠다.

*　　　　*　　　　*

예전의 고블린 던전은 재식이 헌터 협회로부터 불하를 받은 후 재식에 의해 많은 개조가 있었다.

가장 아래층 그러니까 예전에 챠콥의 실험실로 쓰이던 곳은 재식의 필요에 의해 연구실 겸 수술실로 바뀌었고, 전에는 잡혀온 헌터들이 갇혀 있던 감옥이었던 곳에는 던전 내에 전력을 공급하는 발전실이 들어섰다.

뿐만 아니라 몇몇 공간은 마치 호텔 방이나 휴게실로 꾸며지기도 했고, 일부 공간에는 체력측정 기구들도 여럿 가져다 두었다.

이 모두가 재식이 헌터 코리아 옥션에 실드 마법 팔찌와 마력 증폭 완드를 경매로 내놓은 것으로 벌어들인 돈을 통해 갖춘 것들이다.

사실 심장 이식 수술을 위한 설비를 갖추기 위해 만들다가 남는 공간이 아까워 나중에 자신의 아지트로 사용하기 위해 꾸미게 된 것이었다.

재식이 이곳을 아지트로 사용하기로 결정을 한 데에는 다 이유가 있었는데, 그것은 바로 몬스터들을 모두 토벌을 했는데도 이곳 던전의 마나 분포가 던전 밖보다 더 많았기 때문이었다.

그러다 보니 재식은 살짝 욕심이 생겼다.

그냥 단순하게 심장 이식 수술만 하고 방치하기에는 이곳이 너무도 아까웠다.

심장에 마력진을 새겨 넣었다고는 하지만 주변에 마나 분포도가 높은 곳과 그렇지 않은 곳에서의 마력 생성은 흡수하는 마나의 양에서부터 차이가 있었기에 마력의 생성도 차이가 났다.

그러니 굳이 마나 분포도가 높은 이곳을 놔두고 다른 곳을 다시 찾을 필요가 없는 것이다.

그러한 이유로 재식은 그냥 이곳을 자신의 아지트로 꾸미기로 작정했다.

나중에 헌터 클랜이나 길드를 만들게 된다면 따로 클랜이나 길드 건물을 구할 필요도 없으니 어떻게 보면 나중을 위해서도 나은 선택이었다.

그렇게 꾸며진 곳 중에 하나인 체력 측정실에서 재식은 바뀐 심장과 신체의 균형이 얼마나 향상 되었는지 알아보기 위해 전에 위험 등급 6등급 몬스터였던 레피드 타이거를 상대하던 때처럼 몸을 활성화 했다.

"하압!"

짧은 기합과 함께 심장은 빠르게 맥동하며 마력을 몸 전체로 흘려보냈다.

창!

그러자 재식의 몸에서 생성된 마력으로 인해 마치 대기를 찢는 것 같은 작은 울림이 들리더니 물고기의 비늘과 같은 검은 비늘이 재식의 온몸에 돋아났다.

'호! 겨우 10% 정도만 운용을 했는데. 괜찮네!'

심장에서 생성된 마력을 겨우 1/10만 운용을 했는데도 근육에서 느껴지는 뻐근함에 재식은 기분이 좋아졌다.

휘익!

획! 획!

재식은 마치 권투선수처럼 상체를 한 번 흔들고는 빠른 잽을 두 번 날렸다.

팡! 팡!

그런데 펀치를 두 번 휘두른 뒤로 살짝 늦게 대기가 파열되는 소리가 들리는 것이 아닌가.

'아니……'

그 소리에 주먹을 휘두른 본인이 놀랐다.

하지만 그것도 잠시, 재식은 겨우 1/10의 힘에 이 정도면 50%나 사용을 하면 어떤 결과가 나올지 궁금해졌다.

'이게… 그럼 50%라면……'

자신의 능력이 궁금해진 재식은 마력을 더욱 끌어 올려 절반인 50%를 온몸에 퍼뜨렸다.

우웅!

뿌드득!

50%의 마력을 집중하자 재식의 골격에서 소리가 들리기 시작했다.

주우욱!

그러더니 어느 순간 뭔가 쭉 늘어나는 듯도 하고 풍선에 바람이 들어가 부풀어 오르는 듯한 느낌이 들더니 재식이 있던 천장이 낮아지기 시작했다.

'어?'

뭔가 공간이 작아지고 줄어든 듯한 느낌이 들더니 3.5m

에 이르던 측정실의 천정이 손만 뻗으면 닿을 정도가 되었다.

'뭐야!'

재식은 순간 정신을 차릴 수가 없었다.

너무도 갑작스러운 변화에 당황해 공황상태에 빠진 것이었다.

'내게 무슨 일이 벌어진 거야!'

6개월 전에는 몸에 있던 마력을 전부 쥐어짜도 이런 변화는 없었다.

그저 키가 순간적으로 조금 늘어나기는 했지만 이처럼 급속도로 커지지는 않았다.

언뜻 봐도 1m는 커진 것 같았다.

원래 재식의 키도 186㎝였는데, 거기에 1m 정도 더 커졌으니 재식의 키는 거의 3m에 이르러 있었다.

키만 따지면 중형 몬스터인 트롤과 비슷하거나 커보였으며, 몸에 검은색의 물고기 비늘과 같은 것만 없다면 오히려 기가스와 흡사했다.

아마도 재식의 키가 이렇게 커진 것은 이식 수술을 한 기가스의 심장의 영향 같았다.

몬스터의 유전자를 받아들여 최적의 신체를 이루는 것이 재식의 능력이지 않은가. 그러니 186㎝의 키가 갑자기 1m 정도 자란 것을 보면 아마도 그게 맞을 터였다.

'좋은데?'

재식은 처음에 자신의 키가 갑자기 커진 것에 당황하기는 했지만 잠시 뒤 온몸에서 힘이 넘치는 것을 느끼며 나쁘지 않다고 생각했다.

아니, 작년에 헌터 협회 회복실에서 깨어나면서 심장에서 맥동하는 마력에 전율을 느끼던 그때와 비슷한 느낌이라 너무도 기분이 좋았다.

"후흡, 하!"

깊게 호흡을 들이 마시고 한 순간 폭발하듯 내뱉으며 재식은 기합과 함께 오른손 주먹을 내질렀다.

팡!

쿵!

우르르르!

넘치는 힘에 재식이 내지른 주먹은 놀라운 결과를 만들어 냈다.

그냥 한 번 주먹을 내질러본 것인데, 5m 전방에 있는 벽에 커다란 흔적을 남겼다.

마치 만화영화에 나오는 것처럼 석회암으로 이루어진 벽면에 커다란 주먹자국이 생기고, 그 주먹자국을 중심으로 벽에 동심원으로 금이 갔다.

재식은 주먹을 지르는 풍압만으로 벽에 그러한 흔적을 남긴 것이었다.

벽에 새겨진 주먹의 흔적을 본 재식은 자신이 한 일임에도 불구하고 깜짝 놀랐다.

자신이 만든 흔적을 한 번 보고 다시 자신의 주먹을 한 번 보았다.

도저히 믿기지 않는 일을 자신이 해낸 것을 확인한 재식은 조심스럽게 주먹의 흔적이 보이는 벽면으로 걸어가 그것을 손으로 만져보았다.

부스스!

꽈득!

손으로 만지니 금이 간 벽에서 석회암 조각이 떨어졌다.

그것을 잡아 손에 힘을 주니 석회석은 너무도 쉽게 가루로 부서졌다.

"여기서는 제대로 된 측정을 할 수가 없겠네."

석회암이 비록 잘 부서지는 돌이라고는 하지만 그렇다고 도구가 아닌 인간의 손에 의해 가루가 될 정도로 무르지는 않다.

그런데 재식의 손에서는 마치 크래커처럼 부서졌다.

그러다 보니 측정 장비를 이용해 신체 능력을 측정해보려던 계획을 철회할 수밖에 없었다.

괜히 힘을 썼다가는 새로 구입한 장비들이 망가질 것 같았기 때문이었다.

그래서 재식은 비록 정확한 측정은 아니겠지만 그냥 던전

밖으로 나가 돌이나 나무들을 이용해 자신이 어느 정도의 신체 능력이 있는지 알아보기로 했다.

*　　　*　　　*

휙!

쿵!

휙!

쿵!

재식은 자신의 몸의 1/3 정도 되는 바위를 들었다 났다 하면서 바위를 이용한 데드리프트를 했다.

그는 무려 지름이 1m나 되는 커다란 바위를 너무도 쉽게 들어 올리고 있었다.

대충 봐도 1t은 넘어 보이는 바위였지만 재식에게는 전혀 무겁지가 않았다.

하지만 주변에서는 그보다 큰 바위가 보이지 않았기에 어쩔 수 없이 그것을 가지고 데드리프트를 몇 개나 할 수 있는지 측정하기로 한 것이었다.

"이걸로는 하루 종일 해도 끝나지 않겠는데……."

무려 1t이 넘는 무게였지만 마력을 사용하고 있는 지금, 바위는 재식에게 전혀 무게감을 느끼게 하지 못하고 있었다.

쿵!

저항감을 주지 못하는 바위를 그냥 던져버리고 재식은 다른 것을 해보기로 했다.

주변을 둘러보니 정글이나 저 북쪽 툰드라 지역에 있는 굵은 삼나무처럼 굵은 나무들이 보였다.

"하압!"

팍!

꽈드드득!

쿵!

재식은 주변에 보이는 나무 중에 지름이 40㎝ 정도 되는 굵은 나무에 주먹을 내질러보았다.

그러자 재식의 주먹을 맞은 나무가 큰소리와 함께 부러져 버렸다.

재식은 쓰러진 나무에 이번에는 수도를 내리쳤다.

"이얍!"

빡! 빡! 빡!

재식의 수도에 맞은 나무는 네 동강이 나버렸다.

'흐음…….'

자신이 만든 결과를 내려다보는 재식의 얼굴에는 뭔가 어처구니가 없다는 표정이 생겼다.

작년에 겨우 중급 헌터가 되어 이곳에 왔을 때는 무기를 들고 아무리 쳐도 까딱없던 나무가 지금은 그냥 맨손으로도 부러뜨릴 수 있게 되었다.

"이거, 힘 조절을 하기 위해서는 한동안 연습이 필요할 것 같은데."

너무도 향상된 신체 능력으로 인해 재식은 자신의 힘에 두려움을 느꼈다.

괜히 누군가와 악수를 한다거나 살짝 부딪히기라도 한다면 그 상대는 자칫 심각한 부상을 당할 수도 있었다.

1t이 넘는 바위도 별로 힘들지 않게 들어올리고, 아름드리나무도 주먹 한방에, 수도로 내려치기 한 방에 부러지고 토막 나 버렸다.

이건 6등급 육체 강화능력자도 할 수 없는 일일 것이다.

"육체 능력 실험은 이 정도로 하고, 그럼 이 상태로 마법은 어떨지……."

재식은 신체를 강화한 상태에서 6개월 전에 레피드 타이거를 상대하다 심장의 통증을 느꼈던 조건으로 시험을 해보기로 했다.

그때처럼 마법을 사용하려다 심장에 통증을 느낄지, 아니면 심장에 무리가 가지 않고 자연스럽게 마법이 시전될 지 시험을 하려는 것이었다.

"라이트닝 볼트!"

가장 처음 재식이 시전한 마법은 당시 레피드 타이거를 향해 발사하려던 마법이었다.

픽!

파지직!

라이트닝 볼트는 아무런 이상 없이 시전 되었고, 목표를 향해 날아갔다.

"흐흠, 이 상태에서는 이상이 없네."

현재 50%의 마력을 활성화 시킨 상태에서 마법을 사용하니 전혀 문제가 없었다.

"그럼 100% 힘을 발휘한 상태에서는 어떨까?"

재식은 50% 상태에서는 아무런 이상이 없다는 것을 확인하자 자신이 가진 마력 전부를 끌어 올리면 어떨까 하는 궁금증이 생겼다.

그때처럼 심장에 통증을 느낄까, 아니면 지금처럼 아무런 무리 없이 마법이 시전될까 궁금해진 것이었다.

"으음!"

재식은 낮은 목소리로 기합을 지르며 마력을 활성화했다.

파직! 파직!

마력이 신체 곳곳에 충만하게 차오르자 마치 피복이 벗겨진 전선에서 전류가 방전 되는 듯한 소리가 재식 주변으로 퍼졌다.

넘치다 못해 피부를 뚫고 나온 마력으로 인해 벌어지는 현상이었다.

"썬더 볼트!"

무슨 생각에서인지 재식은 4클래스 라이트닝 볼트가 아닌 5클래스의 전격 마법인 썬더 볼트를 시전했다.

이는 재식이 알고 있는 마법 중에 가장 강력한 마법이었다.

파지지직!

쾅!

마법 시전이 끝나고 재식은 온몸에 퍼뜨렸던 마력을 풀었다.

스으윽!

3m에 육박하는 신체가 줄어들면서 정상으로 돌아왔다.

그 때문에 재식의 알몸이 훤하게 드러났지만 재식은 아직 그것을 인지하지 못했다.

물론 이곳이 몬스터 필드이기에 누군가에게 들킬 염려는 없었지만 재식은 지금 그런 것을 인지할 정신이 없었다.

'이상 없다.'

그랬다. 재식은 무려 100% 능력을 발휘하면서도 자신이 쓸 수 있는 마법 중에 가장 강력한 5클래스 썬더 볼트 마법을 시전했는데 신체에 전혀 무리가 없었던 것이다.

"하하! 됐다. 내 예상대로 되었다."

재식은 자신의 계산대로 신체 업그레이드가 이루어지자 크게 웃으며 하늘에 대고 고함을 내질렀다.

　　　　　*　　　　　*　　　　　*

　취익! 취이익!

　크앙!

　퍽!

　취이익!

　관악산 몬스터 필드에 요란한 몬스터의 비명 소리가 울려 퍼졌다.

　자세히 들어 보니 그것은 위험 등급 3등급에서 6등급까지 고루 분포하고 있는 오크의 비명 소리였다.

　다만, 아직까지 이곳 관악산 몬스터 필드에 서식하고 있는 오크는 위험 등급 5등급 이상의 몬스터는 발견되지 않고 있어서 사실상 이곳 관악산 몬스터 필드의 경우는 5등급 미만의 중급 헌터들의 사냥터였다.

　그런데 지금 오크 캠프에서는 무슨 일이 벌어진 것인지 오크의 비명 소리와 어떤 몬스터인지 알 수 없는 몬스터의 하울링이 섞여 메아리를 치고 있었다.

　이에 이번 관악산 몬스터 필드에 있는 오크 캠프 토벌을 담당한 길드인 지존 길드는 급하게 달려 오크 캠프로 향했다.

　그도 그럴 것이, 이곳 관악산 오크 캠프의 경우에는 신입 헌터들의 실전 훈련을 겸해 오크 토벌을 벌이는 곳이니 만큼 지존 길드로서는 당연히 발걸음을 빨리할 수밖에 없었다.

혹시나 이곳이 헌터 길드가 돌아가면서 토벌을 하는 곳인 줄도 모르고 오크들을 잡고 있는 헌터 클랜이나 공대가 있을 수도 있었기 때문이었다.

만약 그런 것이라면 오크 사냥이 끝난 뒤 원만하게 해결을 할 수 있겠지만, 혹시나 헌터 범죄자들인 빌런이거나 혹은 이변이 생겨 위험 등급 6등급 이상의 몬스터가 오크 캠프에 난입한 것이라면 자칫 위험한 상황이 벌어질 수도 있어 상황을 알아야만 했다.

"어!"

가장 먼저 현장에 도착한 지존 길드의 인솔 헌터는 오크 캠프를 보며 경악을 금치 못했다.

그의 눈에 들어온 오크 캠프의 모습은 너무도 처참했다.

나무로 만든 목책의 한쪽 벽이 뻥 뚫려 있었고, 그곳으로 난입한 어떤 존재로 인해 목책 안 오크의 통나무로 지은 집들은 반 이상 무너지고 부서져 있었다.

그리고 오크의 시체들이 여기저기 널려 있었는데, 시체의 상태들은 어떤 강력한 둔기에 맞아 파열된 모습을 하고 있었다.

이는 오크를 주식으로 하는 위험 등급 5등급 이상의 몬스터로 분류되는 오거가 오크 캠프를 난입했을 때와 아주 흡사했다.

'설마 이곳에 오거가 나타난 건가?'

그는 관악산 몬스터 필드에 지금까지 한 번도 보고된 적이 없는 위험 등급 6등급의 몬스터인 오거가 나타난 것은 아닌가 하는 의심이 들었다.

만약 오크 캠프를 이렇게 만든 것이 오거라면 현재 실전 훈련을 하기 위해 자신이 인솔하고 온 헌터들은 전멸하거나 운이 좋아야 한두 명만 살아날 터였다.

이런 생각에 김영철은 아직 오크 캠프를 이런 지경으로 만든 존재의 모습을 확인하지는 못했지만 오거가 아니라도 현재 자신이 인솔한 전력으로는 오크들을 저렇게 만든 존재를 어쩔 수 없을 거라 판단했다.

그래서 막 몸을 돌려 아직 밑에서 대기하고 있는 헌터들에게 돌아가려던 그때, 모골을 송연하게 만드는 비명 소리가 들려왔다.

크아아아악!

주변을 요란하게 울리던 오크의 비명 소리도 그 마지막 비명 소리를 이후로 더 이상 들리지 않았다.

그러자 오크 캠프 주변은 한 순간 적막에 휩싸였다.

'헉!'

갑자기 주변의 소음이 사라지자 김영철은 순간 소름이 돋아 움직일 수가 없었다.

의문의 존재로 인해 오크 캠프에 있던 모든 오크가 죽어 버린 것이다.

이런 생각을 하자 김영철은 막연한 공포를 느껴 몸이 굳어버렸다.

'제길, 괜히 올라왔네!'

순간적으로 영철은 입구에 헌터들을 대기시키고 혼자 이곳으로 올라온 것을 후회했다.

'움직여야해!'

김영철의 머릿속에는 온통 그 생각뿐이었다.

움직여야 살 수 있다는 생각만이 그의 정신을 지배하고 있었다.

부스럭!

공포에 굳어버린 다리를 억지로 움직이다 보니 조심성이 떨어져 그만 돌무더기를 밟고 말았다.

그 때문에 돌무더기가 서로 부딪히며 소리를 냈다.

'헉! 제발……'

영철은 제발 오크들을 전멸시킨 존재가 이 소리를 듣지 못했기를 빌었다.

하지만 그런 영철의 소망은 의문의 존재에게 들리지 않았다.

쿵! 쿵!

오크 캠프 안쪽에서 무언가 묵직한 것이 한 걸음, 한 걸음 걸어오는 발자국 소리가 들렸다.

팟!

영철은 이대로 있다가는 의문의 존재에 들킬지도 모른다는 생각에 나무와 풀로 우거진 곳으로 몸을 날렸다.

그리고 그 자리에서 꼼짝도 하지 않고 눈을 감았다.

그렇게 수풀 속에 몸을 숨긴 영철은 속으로 빌고 또 빌었다.

'제발! 제발 그냥……. 하느님, 제발!'

스윽!

휘익!

쿵! 쿵! 쿵! 쿵!

얼마 후, 영철이 숨은 곳 근처로 어떤 큰 존재가 다가왔다.

조금 전에 영철이 있던 곳이었다.

하지만 하늘이 영철의 기도를 들어준 것인지 오크 캠프를 전멸시키고 나타난 의문의 존재는 영철이 숨어 있던 곳을 한차례 쓸어보고는 반대방향으로 달려갔다.

점점 발자국 소리가 멀어지고 더 이상 들리지 않게 되자 영철은 그제야 고개를 살짝 들어 조금 전에 자신이 서 있던 곳을 쳐다보았다.

그곳에는 아무것도 없었지만, 영철은 무언가를 발견하고는 깜짝 놀랐다.

조금 전, 자신이 있던 자리 근처에 사람의 발자국과 비슷한 자국이 찍혀 있었던 것이다.

하지만 그 자국은 절대로 사람의 발자국이라고 할 수가 없는 것이, 일반적인 사람의 발자국보다 그 크기가 배는 더 컸기 때문이었다.

"휴우, 죽을 뻔했네!"

영철은 그렇게 오크 캠프를 전멸시킨 의문의 존재가 사라지고 나자 조심스럽게 수풀 속에서 나와 저 밑의 입구에 대기하고 있던 길드원들이 있는 곳으로 빠르게 내려갔다.

그리고 잠시 뒤 헌터들과 함께 오크 캠프를 다시 찾았다.

어찌 되었든 오늘 오크 캠프의 담당이 자신들이었기에 이 곳에서 어떤 일이 벌어진 것인지 확인하고 길드와 헌터 협회에 보고를 해야만 했기 때문이었다.

*　　　*　　　*

한편, 오크 캠프를 나선 존재는 빠르게 현장을 벗어나 오크 캠프의 뒤에 있는 골짜기를 넘어 달렸다.

쿵! 쿵! 쿵! 쿵!

얼마를 달렸을까? 그 존재는 저 멀리 오크 캠프가 흐릿하게 보일 정도로 멀리 달려와서는 뒤를 돌아보았다.

"휴우, 들킬 뻔했네!"

3m 정도의 검은 피부의 괴인은 뒤를 돌아보며 그렇게 중얼거렸다.

조금 전에 오크 캠프를 전멸시킨 존재는 다름 아닌 재식이었다.

재식이 고블린 던전에서 멀리 떨어진 이곳에서 오크들을 척살한 것은 다름이 아니라 업그레이드 된 신체의 능력을 알아보기 위해서였다.

바위를 이용한 데드리프트나 통나무를 쓰러뜨려 수도와 정권 지르기와 발차기 등으로 시험을 하는 것만으로는 제대로 된 조사를 할 수 없었기 때문에, 몬스터를 상대로 실전을 겪어 보아야 정확한 정보를 얻을 수가 있을 것 같았다.

하지만 이곳 관악산 몬스터 필드에서는 제대로 된 실전 시험을 할 수가 없었다.

그도 그럴 것이, 관악산 몬스터 필드에서 가장 강한 몬스터라고 해봐야 뻔했기 때문이었다.

어찌 된 일인지 넓고 골이 깊은 몬스터 필드임에도 이곳에는 위험 등급 5등급 이상의 몬스터가 전혀 없었다.

있는 것이라고는 겨우 오크 캠프가 위험 등급이 최고로 높은 것이었다.

그 때문에 재식은 어쩔 도리 없이 고블린 던전에서 무려 세 개의 골짜기를 돌아가야만 나오는 오크 캠프로 가야만 했다.

괜히 시험을 하겠다고 북한산 몬스터 필드나 전에 위험 등급 6등급의 몬스터인 레피드 타이거가 나왔던 옛 휴전선 지역까지 가기는 귀찮았다.

시간도 맞지가 않았다.

비록 골짜기를 세 개나 지나야 하지만 그곳까지 이동하는 것도 향상된 신체 능력을 시험하는 것에 좋았기에 그대로 달려 오크 캠프로 갔다.

그리고 지체하지 않고 바로 목책을 부수고 들어가 오크를 죽였다.

재식은 자신들보다 덩치가 크고 피부도 검고 이상한 자신의 모습에 오크들이 겁을 먹지나 않을까 걱정을 했는데, 오크는 오크였다.

원체 투쟁심이 강하고 머리가 나쁜 오크들이다 보니 자신들보다 거의 1.5배나 큰 덩치의 재식을 보면서도 전혀 물러서지 않고 달려들었다.

아마 재식의 손에 무기가 없다는 것과 자신들의 숫자가 훨씬 많다는 것으로 인해 덩치에서 오는 두려움을 이겨낸 것 같았다.

그렇게 물러나지 않고 오크들이 덤비는 바람에 재식은 너무도 손쉽게 오크들을 학살할 수 있었다.

간간이 오크들이 휘두른 글레이브나 도끼질 공격을 허용하기는 했지만 재식의 몸에는 전혀 대미지가 들어오지 않았다.

뿐만 아니라 재식이 휘두른 주먹질에 맞은 오크는 그 힘을 견디지 못하고 맞은 부위가 함몰이 되거나 터져 나갔다.

마치 주먹이 아닌 둔기나 소구경 대포를 맞은 것과 같은 형태로 원 샷, 원 킬이었다.

그러다 보니 100마리에 가깝던 오크 캠프의 오크들을 전멸시키는 데 걸린 시간은 10분이 채 걸리지 않았다.

오크 열 마리를 잡는 데 1분이 걸리지 않은 것이다.

그렇게 마지막 한 마리의 오크까지 모조리 전멸시킨 재식은 막 자신이 잡은 오크에게서 마정석을 채취하려던 찰나 인기척을 느꼈다.

오크 캠프 내라면 자신이 발견하지 못한 오크가 있었나 하고 의심을 했겠지만 기척은 자신이 부순 목책 밖에서 들린 것이었다.

이에 순간적으로 정신이 번쩍 들었다.

현재 자신의 모습은 결코 인간이라고 보기 힘든 모습이었다.

검은 피부에 그것도 물고기의 비늘과 같은 검은 비늘에 싸여 있었으며, 키는 무려 3m나 되었다.

뿐만 아니라 몸에는 오크들을 학살하면서 오크의 검붉은 피를 뒤집어쓰고 있었다.

보는 것만으로도 흉측하게 생긴 트롤이나 오거에 못지않은 공포스러운 모습이 아닐 수 없었다.

전투의 흥분에서 깨어난 재식은 급하게 기척을 낸 존재를 확인하기 위해 오크 캠프를 나왔다.

숨는다고 숨은 것 같지만 조금 전에 기척을 낸 존재가 무엇인지 재식은 금방 알 수 있었다.

그리고 저 멀리에서 헌터들의 기척도 느껴졌다.

헌터들이 다수 모여 있는 기척을 느낀 재식은 하필 오늘이 헌터 길드에서 이곳 관악산 오크 캠프를 처리하는 날임을 깨닫고는 자리를 벗어났다.

괜히 이 모습을 들켰다가는 문제가 커질 수가 있기 때문이었다.

더군다나 오크를 사냥할 때는 몰랐는데, 지금 보니 왼팔에 있어야 할 것이 없었다.

헌터라면 누구나 착용하고 있어야할 헌터 브레슬릿이 없었던 것이다.

그래서 무작정 헌터들을 피하기 위해 오크의 마정석 채취도 놔두고 자리를 뜬 것이었다.

*   *   *

끼익!

탁!

차를 주차장에 주차하고 차에서 내린 재식은 바로 헌터

협회로 들어갔다.

우선 부서진 헌터 브레슬릿을 재발급 받기 위해서였다.

재식이 잃어버린 헌터 브레슬릿은 바로 체력 측정실에 있었다.

물론 정상적인 상태는 아니었다.

고리 한쪽이 깨지면서 측정실 바닥에 떨어진 것이었다.

아마도 마력을 50%나 운용을 하면서 키가 3m나 커지고 덩치 또한 그에 맞게 커지면서 팔목에 차고 있던 헌터 브레슬릿이 끊어진 것 같았다.

이에 재식은 망가진 헌터 브레슬릿을 헌터 협회에 반납하고 새로 헌터 브레슬릿을 구하기 위해 헌터협회를 찾았다.

물론 종로에 있는 본부가 아닌 자신이 헌터 협회로부터 받은 고블린 던전과 가까운 남부지부였다.

헌터 브레슬릿이야 어느 곳에서든 받아도 상관이 없었기에 이왕이면 빨리 받는 것이 나았기 때문이었다.

"실례합니다."

헌터 지원과에 도착한 재식은 지원과 직원 중 한 명에게 다가가 말을 걸었다.

"어떻게 오셨습니까?"

"네. 헌터 브레슬릿이 망가져 새로 발급을 받았으면 하는 데요."

재식은 직원의 질문에 자신의 용무를 말했다.

"헌터 브레슬릿을 재발급 받으시겠다고요?"

재식의 대답에 직원은 의아한 눈빛으로 재식을 쳐다보며 재차 물었다.

몬스터의 공격에도 웬만하면 고장 나지 않는 것이 헌터 브레슬릿이다.

그런데 그것이 망가져 재발급을 받겠다고 찾아온 헌터가 있어 놀란 것이었다.

"네. 여기……."

재식은 자신의 이야기를 믿지 못하고 재차 질문을 하는 직원에게 부서진 헌터 브레슬릿을 보여주기 위해 그 앞에 헌터 브레슬릿을 올려놓았다.

탁!

"헉!"

진짜로 망가진 헌터 브레슬릿을 보자 직원은 놀라서 그것과 재식의 얼굴을 번갈아 몇 번이나 쳐다보았다.

하지만 그것도 잠시, 정신을 차린 직원은 망가진 헌터 브레슬릿을 들어 컴퓨터와 연결했다.

삐비빅!

탁! 탁!

"다행히 내부 정보는 멀쩡하네요."

다행스럽게도 헌터 브레슬릿은 연결 고리가 망가진 것이지 본체에는 이상이 없었다.

직원은 간단한 파손이었기에 새로운 헌터 브레슬릿을 가져와 재식이 가져온 망가진 헌터 브레슬릿에 담긴 정보를 링크시키려고 했다.

"잠시만요."

재식은 새로운 헌터 브레슬릿에 단순한 정보 이동만 하려는 것을 멈추게 했다.

"제가 새로운 능력을 각성해서 헌터 브레슬릿이 끊어진 것이라……."

"네? 그게 무슨……."

"이런… 능력을 각성했습니다."

재식은 의아해 하는 직원을 향해 왼쪽 팔을 들어 그곳에 마력을 집중했다.

그러자 왼쪽 팔이 부풀어 오르더니 웬만한 여자 허벅지만큼 굵어졌다.

"헉!"

재식의 커진 왼팔을 보더니 직원은 화들짝 놀랐다.

하지만 잠시 후 조금 전에 망가진 헌터 브레슬릿에서 본 재식의 헌터 라이선스의 내용을 떠올렸다.

그리고 아직도 컴퓨터 화면에는 S급 헌터라는 문구가 떡하니 떠 있었다.

'S급 헌터!'

복합 능력.

특수한 능력을 가진 아주 특별한 등급을 가진 헌터를 가리키는 S급이란 등급을 확인한 그는 자신도 모르게 고개를 끄덕였다.

역시나 S급 헌터는 무언가 다르다는 생각을 하면서 말이다.

그리고 조금 전에 가져온 헌터 브레슬릿을 다시 제자리에 가져다 두고 다른 것을 가져왔다.

"이건 조금 특수한 것으로 육체 강화형 헌터들이 사용하는 것입니다."

재식의 커진 왼팔을 보면서 직원은 자신이 방금 가져온 헌터 브레슬릿이 어떤 헌터에게 주어지는 것인지 설명을 했다.

그러면서 가져온 헌터 브레슬릿에 정보를 입력했다.

"다 되었습니다. 재발급 비용은 서무과에 납부하시기 바랍니다."

직원은 재식의 헌터 등급을 알게 된 후 조금 전보다 친절한 목소리로 이야기를 했다.

"감사합니다."

재식은 헌터 지원과에서 볼일을 모두 마쳤기에 자리에서 일어나 서무과로 향했다.

〈『헌터 레볼루션』 8권으로 계속…〉

www.b-books.co.kr